오늘도
택하겠습니다

오늘도
택하겠습니다

박용택 에세이

글의온도

프로야구 구단이 대형 FA 선수에 목말라 있듯이, 방송국도 FA급 해설자 후보를 주시하고 있다. 야구선수 박용택을 해설위원으로 영입해야겠다는 생각을 하기 시작한 건 2020년 8월경이었다. 이미 그전에 이런저런 루트를 통해 알아보니 해외연수를 계획 중이라 포기하고 있었다. 그런데 봉중근 해설위원에게 물어보니 코로나로 인해 연수를 포기했다는 이야기를 들었고, 박용택 선수가 본인에게 방송해설위원이 어떤지 물어봤다는 사실을 알게 되었다. 2020년 11월 5일 박용택이 프로야구 선수로 마지막 경기에 나설 때 나는 사무실에서 KBS 김도환 기자와 야구선수 박용택이 해설위원으로 나서면 어떨까라는 이야기를 하고 있었다. 그리고 2주 후 박용택 선수와 첫 만남을 가졌다.

첫 만남에서도 느꼈지만, 야구선수 박용택은 은퇴한 지 얼마 되지 않았음에도 이미 본인이 만들어갈 제2의 인생에 대해 확고한 계획이 있었다. 프로야구 최다안타 기록을 보유하고 있는 최고의 선수였던 야구인 박용택은 지도자보다 먼저는 최고의 야구 해설자가 되겠다는 포부를 드러냈다

해설위원으로 첫걸음을 시작한 박용택 위원은 19년간 선수로 뛰었던 야구에 대한 열정과 애정, 최다안타를 기록하게 한 쉼 없는 노력과 선수 시절의 자세를 방송에서 그대로 보여주고 있다. 해설위원으로서 아직 한 시즌을 보내지 않은 루키지만 이미 신인왕을 너머 MVP에 도전할 법한 루키 시즌을 보내고 있다. 소위 올드 스쿨이 아닌 요즘 야구의 트랜드를 아주 잘 알고 있고 그것을 방송에서 소화해내고 있는 중이다.

요즘 스포츠 스타는 단순히 운동만 잘하는 게 아닌 스포테이너스포츠+엔터테이너가 각광받는 시대이다. 야구인 박용택은 이미 여러 방송에서 이러한 재능을 유감없이 보여주고 있으며 팬들에게 새로운 즐거움을 주고 있다.

해설을 시작하고 얼마 후 박용택 위원에게 어떠냐고 물으니 선수 시절에 느꼈던 매일매일 경기결과에 대한 부담감이 사라져 좋다는 것과 경기 결과에 따라 칭찬과 비난을 받았는데 해설을 시작하고 나서는 칭찬이 많아서 하루하루가 너무 즐겁다는 대답이 돌아왔다. 이제 많은 야구팬들은 선수 박용택이 아닌 해설위원 박용택, 예능인 박용택이 지닌 매력을 새로 느끼게 될 것이다. 또한 열정 가득한 선수로서의 삶, 제2의 인생 준비도 탄탄히 하며 나아가고 있는 '작가택' 님의 책을 만나 참 기쁘다.

즐겁게 제2의 인생을 시작한 박용택 위원을 응원하면서 19년간 한팀에서 뛴 '의리택', 프로야구 최다안타 기록의 보유자 '안타택'에 이어 선수 시절에 그랬던 것처럼 가장 오래도록 꾸준히 빛나는 '해설택', 더 나아가 모든 면에서 대체불가 '박용택'이 되길 기대한다.

2021. 9월
KBS N 스포츠 본부장
김기현

한국 야구의 또 하나의 레전드가 탄생했다. 박용택 선수의 은퇴가 너무도 아쉽지만, 방송과 야구해설로 많은 사람들에게 그의 삶과 야구 철학을 배울 기회가 찾아온 것이라 생각하니 감사하다. 책으로도 그를 만날 수 있으니 얼마나 좋은지 모르겠다. 파이팅이 필요할 때마다 책을 꺼내 보게 될 것이다. 도쿄 올림픽에 참가할 때도 그가 해준 이야기가 많은 힘이 되었다. "자신감은 다짐이 아니라 준비다!"

구본길 펜싱선수

우리가 함께한 시간을 돌아보니 진정 신바람 나는 야구였노라고 추억한다. 그는 누가 시키지 않더라도 혼자 자기 자신을 담금질해서 완벽함을 추구하던 선수였다. 그건 하루아침에 되는 것이 아니다. 어려서부터 인내하고, 반복되는 루틴을 지키며 얼마나 엄격히 자기를 관리해왔을지 잘 알기에 참 대단하게 느껴진다. 내가 감독이었어도 그에게 배웠다. 노력의 힘을!

김기태 야구코치, 전 야구 감독

그는 신인 시절부터 참 많은 것을 갖추고 있었다. 빠른 발과 파워, 야구를 향한 열정까지. 다만 멀리 치기에만 힘을 쏟던 것이 유일한 단점이라 할까. 고집도 셌지만 남의 말에도 귀 기울이고 그것을 이해하면 모두 받아들이고 엄청난 노력으로 해내고 마는 사람이었다. 그래서 정확성까지 갖춘 완벽한 야구선수가 된 것이다. 그의 모범적인 삶은 인생 자체로 이어져서 많은 사람에게 도움이 될 것이다. 지금 야구계를 폭넓게 보고자 해설위원도 하고 있는데 언젠가는 현장으로 돌아와서 그의 능력과 경험을 전하는 역할을 해주길 바란다.

김용달 야구코치

그는 반전 매력의 소유자다. 선수로서 봤을 때는 냉철한 카리스마가 넘치는 모습이지만 실제로 만나보면 이보다 부드럽고 재미있는 사람을 찾기 어렵다. 그런 그가 야구를 즐긴 적 없고 공황장애까지 겪었다는 것도 놀랍지만 그것을 이겨내고 오랜 시간 스타 선수로 뛰었던 것이 더 놀랍다. 또 그 위치까지 올라간 선수가 이렇게까지 할 수 있나 싶을 만큼 다 내려놓고 열심히 해서 매번 새롭게 놀란다. 어떤 게 그의 원동력인지 배우고 싶었는데 이 책 속에서 답을 찾았다!

김요한 전 배구선수

난 그에게 노력의 끝은 없다는 것과 헛된 노력도 없다는 것을 배웠다. 원래 타고난 선수가 노력과 열정까지 넘치니 그 어느 누가 막아설 수 있었을까. 그의 책을 보면서 많은 사람들이 자기가 가진 것을 잘 모르고 있고, 더 성장하는 방법에 무지하다는 생각을 하게 된다. 나를 찾고 더 괜찮은 직업인으로 사람으로 나아가고 싶은 사람들에게 추천한다.

김현우 방송기자, 앵커

박용택 선수를 알게된 지 벌써 8년이 되었다. 늘 한결같았던 LG 트윈스의 프랜차이즈 스타이자 사람 냄새나는 동생 용택이의 에세이집 발간은 예견된 일이었다. 좋은 선수로서의 삶과 멋진 인간 박용택의 삶이 궁금하시다면 펼쳐보자. 선수와 인간 박용택의 삶 모두 끝내기 쓰리런 홈런이다.

박성웅 배우

"어디서 이런 사람을 구해왔어요?"
 스포츠 선수들의 휴먼 예능 〈노는브로〉 첫 촬영 후 나머지 멤버들이 박용택을 두고 한 말이다. 후배들은 박용택을 만나고 나서 안심했다. 권위를 내세우지 않아도 중심이 서 있고, 인간미에 웃음까지 겸비한 완벽한 맏형이라니. LG 트윈스의 심장에서 이제 〈노는브로〉의 심장이 된 박용택. 야구밖에 몰랐던 그의 30년 야구 인생이 궁금해졌다. 이제는 당신의 심장을 더욱 힘차게 뛰게 할 차례다.

박지은 E채널 '노는브로' PD

그의 매력의 끝은 어디일까? 다양한 분야에 관심도 많고 공부도 열심히 해서 배울 게 정말 많다. 말로만 파이팅을 외치는 게 아니라 직접 몸으로 솔선수범하여 자연스럽게 따르게 되는 리더의 모습, 종목을 가리지 않는 천생 운동선수, 자기 자신을 멋지게 표현하는 패션 감각까지. 멋진 어른이 되고 싶다면 박용택을 따르면 될 것이다. 내가 아는 한 가장 멋진 어른 남자다!

백지훈 전 축구선수

책 보고 놀랐다. 야구 책이 아니라 인생 책이네. 박용택은 내 나이 11살 때 만나 지금까지 한 번도 내 기대를 져버린 적이 없다. 야구에 미친 사람, 포기를 모르고 끝까지 노력하여 이루는 사람. 그와 30년을 함께해왔고 앞으로도 쭉 나의 형으로 선배로 함께할 것이다. 바람이 있다면 정글에서 벗어났으니 이제 자기 자신과의 평화협정을 맺고 조금 더 편하게 즐겼으면 좋겠다.

심수창 MBC 야구해설가, 전 야구선수

참 그의 야구 인생을 보면 롤러코스터를 타고 있는 듯하다. 팀의 얼굴이고 심장이란 평도 듣고, 많은 기록을 남기고 인성도 훌륭한 선수이지만 오해와 외면을 받은 시간도 있고, 저평가된 부분도 많다. 그럼에도 그는 포기하지 않았고 인간적으로 진심을 다해 오늘에 이르렀다. 그런 그이기에 난 힘들고 위로가 필요할 때마다 연락하게 된다. 경기뿐 아니라 일상 속에서도 세수 네 수를 앞서 보는 그의 혜안이 참 많이 도움이 된다. 당신에게도 그의 위로와 힘이 오늘을 버티고 내일을 꿈꿀 힘을 줄 것이라 믿는다.

안주영 포토그래퍼

신입 선수가 들어오면 '아~ 이 친구는 되겠다, 안 되겠다'가 딱 보이는데 박용택 선수가 처음 왔을 때 "크게 되겠는데…" 느낌이 팍 왔다. 눈빛부터 살아 있고, 태도며 실력까지 한마디로 똑 부러지게 제 몫 다하는 후배였다. 요즘 방송이나 해설하는 것을 봐도 역시 노력파 박용택은 다르다. 야구 꿈나무들에게 그의 글을 읽고 프로야구 선수가 어때야 하는지 본보기를 보여준 것 같아 내 일처럼 참 기쁘다.

양준혁 양준혁 야구재단 이사장, 전 야구선수

박용택은 언제나 참 박용택스럽다. 처음 입단했을 때부터 가장 먼저 출근하고 가장 늦게 퇴근하며 독하기로 유명한 김성근 감독님의 훈련을 정말 놀랍도록 잘 견뎌냈다. 힘들지 않느냐고 물으면 해야 할 일이니까 한다며 묵묵히 이겨내는 것을 보며 "얘는 정말 일 내겠다"라고 생각했는데 진짜 그런 선수가 되었고, 은퇴 후의 행보도 심상치 않다. 이번 책도 마찬가지였다. 역시 박용택이구나! 야구인이 어떤 길을 걷는 사람인지, 야구가 얼마나 인생과 닮은꼴인지 자신의 모든 경험과 열정을 쏟아낸 그에게 고맙다.

이병규 LG 타격코치, 전 야구선수

한국에 와서 농구선수 생활을 하는 동안은 야구를 보지 못해 박용택 선수를 잘 몰랐다. 그런데 〈노는브로〉를 통해 그를 보면서 몇 번을 놀랐는지 모른다. 첫 느낌은 부드러운 젠틀맨의 느낌이었고, 등산할 때는 날아다니는 바람이었고, 게임할 때는 무서운 승부사였다. 왜 그의 별명이 "용암택"인지 알 것 같았다. 그의 말 중 가장 기억나는 말은 "준비가 되어 있으면 자연스럽게 자신감은 따라오는 거라구"였다. 한국말을 완벽하게 이해하지 못해서 무슨 말인지 잘 몰랐는데 그의 책 마지막 장을 덮으면서 깊은 뜻과 내가 어떤 준비를 어떻게 해야 하는지 자연스럽게 알게 되었다.

전태풍 전 농구선수

초등학교 때 야구를 시작하며 만난 박용택 선배. 난 부상으로 일찍 야구를 그만두었지만, 그는 내게 첫 만남부터 지금까지 믿고 함께 하고픈 영원한 인생 스타다. 은퇴해서 아쉽지만 야구장을 벗어나 가는 곳마다 그는 환하게 비출 것이다. 내가 아는 그는 그런 사람이다.

조인성 배우

방송에서 만나기 전부터 프로야구 중계를 통해 그를 자주 보았다. 프로 정신이 투철하고, 야구는 원래부터 잘하는 선수라는 생각에 멀게만 느꼈는데 이 책을 보니 그가 얼마나 힘들었고, 아팠는지 자기 한계를 뛰어넘으면서까지 노력해왔는지 이해하게 되어 더 가깝게 느껴진다. 난 26살이라는 이른 나이에 유도선수 생활을 은퇴했다. 그를 더 일찍 알았더라면 더 오래 행복하게 선수 생활을 할 수 있었을 것이다.

조준호 유도 코치, 전 유도선수

내가 만난 스포츠 스타 중에는 타고난 재능과 운, 노력으로 천상의 날개짓을 하는 나비 같은 사람도 있고, 자신의 한계와 현실을 인정하며 최선이라는 별을 향해 날아가는 헷세의 나방같은 사람도 있다. 내가 알고 지내왔던 박용택 야구 선수는 화려한 스포트라이트와 부담되는 관심을 재능과 노력이라는 양손타법을 구사하며 한국 야구에 한 획을 그은 사람이다. 이 책을 통해, 사랑방에 옹기종기 모여 막내 삼촌의 군대 경험담을 듣듯이, 나방의 모습을 한 나비의 전설적 이야기를 들어보자.

한덕현 중앙대학교 정신의학과 교수

야구선수 박용택의 오랜 팬이자 형·동생으로 늘 궁금했던 것이 있었다. 저렇게 유지되는 꾸준함은 어디에서 시작되었을까? 어릴 때 어떤 아이였을까? 남들과 다른 비범함과 때론 남과 전혀 다를 바 없는 평범한 모습도 있었을 텐데…. 이 책이 오랜 궁금증을 풀어주는 장이 되어주었다. 야구장 밖의 세상에 나온 그의 이야기를 눈앞에서 듣는 것처럼 참 솔직하게도 써주었다.

선수 시절 내내 그를 지켜본 팬들조차도 몰랐던 그의 이야기, 우리가 지금도 열심히 그를 응원하듯 그가 우리를 얼마나 사랑하고, 못지않게 응원해주었는지 마음으로 알게 되는 시간이었다. LG의 심장은 여전히 힘차게 뛰고 있다.

홍경민 가수, 배우

━━━━━━━━━━━━━━━━━⚾━━━━━━━━━━━━━━━━━

서문

끝날 때까지
끝난 게 아니다

2020년 11월 5일은 지금까지 내가 기억하는 인생의 중요한 날들 중 몇 안 되는 하루다. 그날 아침까지도 늦가을치고는 추위 걱정했는데 낮이 되니 날이 따스하게 풀리고 맑았다.

'그래, 우리도 이제 몸 좀 풀자!'

두산과의 준플레이오프 2차전이 열리는 날이기에 날씨부터 챙겼다. 어쩌면 나의 19년 야구 인생의 마지막 타석이 될 수도 있고, 우리 팀의 올해 마지막 경기일 수도 있어, 물러설 곳이 없는 순간이었다. 야구장에 가니 팀 전체의 기운이 심상치 않았다.

"어렵게 잡은 기회 이대로 끝낼 수는 없다, 처음으로 돌려놓자, 할 수 있다!"

서로 눈빛만 마주쳐도 전기가 통할 만큼 사고가 크게 터질 것 같은 예감이 들었다.

정규 시즌 4위를 기록한 우리 팀과 와일드카드 결정전에서 연장 승부 끝에 키움을 누르고 준플레이오프에 올라온 '잠실 라이벌' 두산과의 경기. 7년 전 어렵게 찾아온 한국시리즈 진출 기회를 실패로 돌린 두산과 포스트시즌에서 또다시 만난 것이다.

1차전까지 내준 우리 팀은 2차전 역시 끌려가고 있었고, 3판 2선 승제로 치러졌기 때문에 한 번만 더 지면 시즌이 이렇게 허무하게 끝날 상황이었다.

4회초에만 8점을 내줘 0-8로 지고 있었다. 그런데 우리 팀 누구도 이 경기를 진다고 생각하지 않았던 게 웃겼다. 야구가 재미있는 것은 8점을 지고 있더라도 9점을 내면 이긴다.

거꾸로 끝까지 안심할 수 없는 이유이기도 하다. 9회말 끝날 때까지 끝난 게 아니다. 차라리 초반에 지다가 추격전을 펼치게 되면 분위기가 뒤집혀 역전 기회가 반드시 오기 마련이다.

그런 모두의 믿음 덕분이었을까? 4회 말부터 추격을 시작해 3이닝 연속으로 점수를 뽑아내면서 어느새 1점 차까지 따라 붙었고, 8회 말 내가 타석에 들어설 때는 이미 주자가 한 명 나간 상황이었다. 각본 없는 드라마의 클라이맥스가 될 수 있는 기회였다. 준비할 때부터 최소 2루타라는 느낌을 받았는데, 막상 타석에 들어서니 홈런을 칠 수 있을 것 같았다. 홈런 한 방이면 뒤집힌다.

내가 그린 그림 속에서 투수 이영하의 초구는 100% 패스트볼이었고, 타이밍도 정말 좋았다. 바람 방향이나 투수의 구질, 내외야 수비 위치까지 내 생각 그대로였다. 나의 타격 준비도 늦지 않았다. 모든 것이 완벽했고 모든 것이 좋았다.

그러나 딱 거기까지였다. 타격하는 순간 배트가 완전히 늦게 나갔고, 날아가는 모양새를 보니 홈런이나 2루타는 고사하고 행운의 안타를 바라기도 어려웠다.

제발 난 그 타구가 파울이 돼서 다시 한번 타석에 설 기회가 주어지기를 바랐지만, 내가 친 공을 끝까지 집중력 있게 따라간 두산의 3루수 허경민 선수가 잡아내고 말았다. 8회 말 대타로 나서서 단 1개의 공만 보고 덕아웃으로 돌아가야 했던 나는 허탈한 마음에 헛웃음만 나왔다.

타석에 들어갈 때 준비가 그렇게 잘 됐는데도 힘 없는 타구가 나오는 것을 보고 속으로는 진짜 물러날 때라는 것을 깨달았다.

그래도 마지막을 이렇게 허무하게 끝내고 싶지 않았다. '제발 지지 마라, 오늘 끝내지 말자. 내게 다음 기회를 다오!' 마음속으로 얼마나 빌었는지 모른다. 그 마음을 아는지 모르는지 우리 팀의 추격은 멈추고 오히려 1점을 더 내주어 결국 7-9로 지고 말았다.

야구 선수로서 내게 다음 기회는 없었다. 유니폼 입고 마지막으로 팬들 앞에서 인사하는 자리가 될 것 같은데, 이 자리에서 뭘 할 수 있을까?

'아, 팬들 앞에서 큰절로 감사 인사를 대신 해야겠다'고 생각했다. 마침 그때 중계화면도 경기가 끝나고 준비했다는 듯 곧바로 내 모습을 비추었다.

그런데 그라운드에 선수들만 나간 게 아니라 경기 내내 덕아웃에 머무르고 있던 코칭스태프까지 다 나가고 한 시즌 동안 성원을 보내주신 팬들에게 감사함을 전달하는 대형 현수막까지 들고 있어야 했다. 절을 할 수 있는 타이밍이나 자리가 아니었다. 이 상황에서 절을 해봐야 현수막에 가려져서 보이지 않을 것 같았고, 모습도 어색할 것 같아 팬 여러분께 감사하다는 인사만 간단하게 전할 수밖에 없었다.

다시 덕아웃으로 들어오자 갑자기 관중석에서 몇몇 팬들이 내 이름을 연호하는 소리가 들려왔다. 이제 나가서 큰절을 올리고 들어올 기회라고 생각하고, 한 번이라도 더 팬들을 뵙고 싶어 야구장을 보니 이번에는 승리 팀 감독 및 MVP 인터뷰를 위해 이미 수많은 취재진이 홈플레이트 근처에서 대기하던 상황이었다. 두산 선수들이 나와 있는 상황 속에 내가 절을 올리러 나가는 것은 분위기를 깰 수도 있고 예의가 아닌 것 같아 고민만 거듭하다가 참았다.

마지막 타석과 마지막 인사를 제대로 마무리하지 못한 게 너무도 아쉬웠다. 수많은 '~택' 중 가장 마음에 드는 건 '팬덕택'일 만큼 선수로서 이만큼 해낼 수 있었던 건 모두 팬 여러분 덕분이라는 감사 인사를 마음껏 전하지 못했다는 아쉬움이 오래 남았다.

그래, 내가 끝이라고 생각해도 기회는 찾아왔다. 선수로서 마지막 타석은 어쩔 수 없다고 하더라도 이렇게 큰절 올리며 감사 인사전할 수 있는 야구장이 아닌 책이라는 또 다른 구장이 열리고, 야구 해설자라는 또 다른 도전으로 내 이야기를 전할 수 있는 기회가 열렸다.

너무도 힘들었고, 한 번도 제대로 즐긴 적 없는 19년의 프로야구 선수 인생은 헛되지 않았다. 그 시간을 팬 여러분과 함께 버텼기에 다시 시작할 기회와 시간이 찾아왔다.

야구장 밖에서

박용택

목차

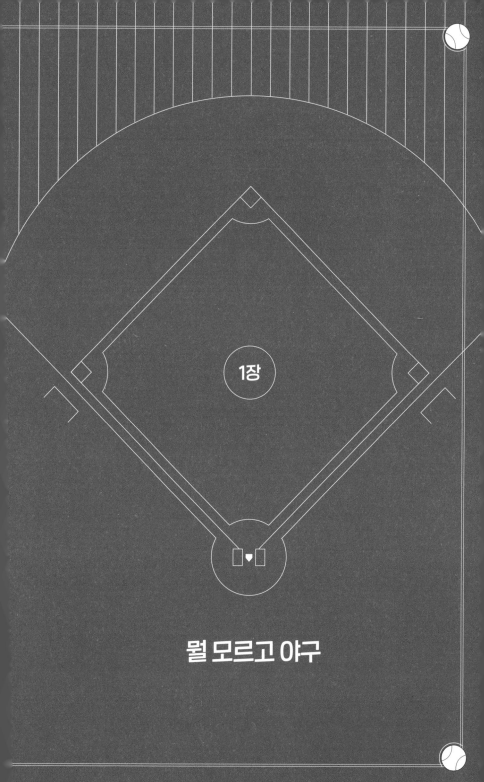

1장

뭘 모르고 야구

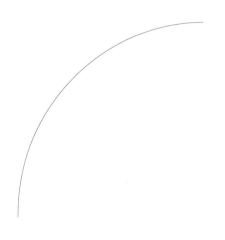

누구의 손을
잡을까?

내 야구의 시작은 세 남자의 밀당 위에 세워지고 어머니의 눈물로 완성되었다. 처음부터 운동선수를 꿈꿔온 것은 아니다. 초등학교 4학년 초까지 내 장래희망은 과학자였다. 지금 생각하면 우습기는 하지만 어린 마음에 4월 21일 '과학의 날'에 태어났으니 과학자가 운명이라고 생각했다. 아버지를 닮아 키도 크고 운동 신경도 발달했지만, 산수 경시 대회에 나가면 100점을 맞을 만큼 제법 잘했고 재미있었다. 어린 시절에는 성적표가 거의 '수'로 채워져 있었고, 항상 1학기 반장을 도맡아 했었다. 아마도 부모님께서 운동선수의 길이 힘들다는 것을 아셨기에 운동보다는 공부 쪽으로 길을 열어주시려고 노력하셨던 것 같다.

  하지만 진짜 내 운명은 다른 쪽으로 길을 준비해놓았는지 선천적으로 다른 친구들에 비해서 성장이 빨랐고, 모든 운동 능력까지 타고났기에 자꾸 여기저기 체육 경기 대표로 나가게 되었다.

서울시에서 육상 대회가 열릴 때면 육상부도 따로 없던 우리 학교에서 나는 연습도 따로 안 하고 조깅화를 신고 그냥 출전해서 대회 예선을 통과했다. 그러다 보니 친구들 사이에서 난 뭐든 잘하는 아이로 유명해지고, 나도 모르는 사이 주변 학교까지 소문이 나기 시작했다.

초등학교 4학년이었던 늦가을, 고명초등학교에 최재호 감독님현 강릉고등학교 감독이 오시면서 야구부를 창설해 부원을 모집하기 시작했다. 야구를 좋아하는 친구들도 들어갔지만 그냥 멋있어 보일 것 같아 들어간 친구들도 많아 100명 정도가 모였다. 하지만 야구부는 취미반이 아니라 저녁 늦게까지 야구를 해야 하고, 전문적인 훈련을 받아야 하는 말 그대로 '선수반'이었다. 생각한 것과 너무도 힘들고 다르니 많은 아이들이 떠나고 야구를 제대로 할 친구만 야구부에 남았는데, 감독님 눈에는 여전히 부족하셨다.

감독님은 좋은 선수를 기다리지 않고 직접 찾아 나섰는데 학교 아이들을 일일이 붙들고 운동 잘하는 아이가 누구냐, 달리기는 누가 잘하냐 묻고 다니셨다고 했다.

여러 아이들 입에서 '박용택' 이름이 나오자 체육 시간에 내 움직임과 운동 신경을 지켜보시고 6~7개월 정도 날 따라다니셨다. 수업이 끝나고 집에 가다가도 눈이라도 마주치면 감독님은 날 옆에 앉혀

놓고 야구가 얼마나 재미있고, 내가 하면 잘할 것 같다고 달콤한 이야기들만 들려주시며 긴 시간 동안 놔주지 않으셨다. 집이 학교 바로 앞에 있다 보니 감독님 눈에 띄는 날이 많았다.

야구부에서만 욕심낸 것은 아니었다. 근처 중학교 축구부 감독님도 운동 잘하는 초등학생 선수를 미리 스카우트하느라 내게 손을 내미셨다.

이렇듯 다 나를 원하시니 책상 앞에 앉아도 괜히 생각이 많아졌다. '야구 유니폼을 입고 뛰는 게 좋을까? 축구 유니폼이 멋있을까?' 그러다가도 고개를 절레절레 저었다. 내 꿈은 과학자였기에 어디에도 흔들리지 않으려고 애썼다. 그리고 부모님이 운동선수로 크는 것을 원하지 않으셨기에 공부를 더 열심히 하려고 했다.

하지만 최재호 감독님의 고집도 대단하셨다. 끝까지 포기하지 않고 꾸준히 따라다니셨고, 난 게임 주인공이 빌런을 피해 다니는 것처럼 학교에서 집 오는 길을 빙빙 돌아오기도 하고 수업이 끝나도 학교에 남아 있다가 집에 오기도 했다. 그렇게 6개월 이상 잘 피해 다니기도 하고 만나도 "저 야구 안해요, 공부할 거예요"라고 눈도 안 맞추고 거절하다가 딱 걸린 사건이 있었다.

1990년 6월 2일 토요일, 다른 학교에서 5학년 친구들과 반 대항 경기를 하고 배트와 글러브를 낀 채로 터덜터덜 걸어오던 길이었다. 학교 앞에 왔는데 운동장에서는 우리 야구부와 길동초등학교와 경기를 하고 있었다. 멀리서 경기를 지켜보던 나를 감독님이 발견

하고 크게 손 흔드시며 큰 소리로 불러 세우셨다. 지금 막 야구 경기를 마치고 왔던 나는 야구 경기를 보자 심장이 더 빨리 쿵쾅쿵쾅 뛰었다.

그런 내 표정을 읽으셨는지 감독님이 나의 승부욕에 완전히 불을 붙였다. "지금 당장 해도 쟤네보다 잘할 수 있잖아?" 나는 감독님의 그 한마디에 완전히 넘어갔다. 지금 생각해보면 난 최 감독님의 손을 잡은 것이 아니라 그때까지 억지로 닫고 있던 내 마음의 소리를 외면할 수 없었고 그렇게 내가 내민 손을 잡았다.

"네, 저 잘할 수 있어요!"

1991년 브롱코세계리틀야구대회 국가대표 참가. 하와이(맨앞)

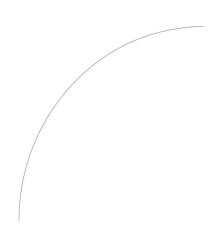

준비되면
그때 말하거라

어린 시절부터, 나만큼 현실적으로 직업을 생각해본 사람이 얼마나 될까? 내게 야구는 꿈이 아니었다. 막연하게 '멋있겠다', 'TV에도 출연하는 유명한 사람이 될 거야', 그것도 아니면 '돈을 많이 벌어서 가족들을 기쁘게 해주고 싶어' 등등 친구들이 장래희망을 말하는 이유들과는 전혀 다른 고민을 해야 했다.

'내 실력으로 프로야구 선수가 될 수 있을까? 야구선수로 평생 살아도 후회 없을까? 힘들어도 이겨낼 수 있을까?' 등 아직 야구를 시작하지도 않은 초등학생의 고민치고는 지나치게 심각한 질문들이었다. 이건 아버지께서 주신 질문이기도 했다. 야구를 하겠다고 부모님께 말씀드리기 전부터 야구부에 대한 이야기를 가끔 하기는 했다. '우리 학교에 야구부가 생겼고, 감독님이 선수로 뛰라고 하신다,

거절했는데 계속 쫓아다니신다, 친구들한테까지 박용택을 데려오라고 하신다' 등등. 그런 이야기를 꺼낼 때마다 부모님의 표정이 어두워지시며 걱정을 많이 하시는 걸 보니 점점 말하는 게 재미없어지고 횟수가 줄었다. 아버지는 야구가 아닌 농구를 하셨지만 직업 운동선수로 서른 중반까지 뛰셨다. 은퇴 후에는 운동만 하시던 아버지가 소속팀인 한국은행의 직원으로 금융 쪽 일을 하셔야 했으니 얼마나 힘드셨을지 안 봐도 알 수 있었다. 다른 직원들은 서울대학교 출신이 대부분이었고 전공자들이 와서 신입 직원부터 한 단계씩 일을 배우며 자리를 잡아왔다면 아버지는 계산기 대신 농구공만 갖고 서른네 살까지 뛰어다니셨는데 갑자기 그들과 같은 일을 같은 속도로 처리해야 했으니 남들보다 서너 배 더 노력하셔야 했다. 그런 어려움을 겪으셨기에 내게 운동선수로 산다는 것이 얼마나 어려운지, 훈련이 얼마나 고되고, 이름 날리는 선수가 된다는 게 얼마나 어려운지, 끝까지 선수 생활하는 선수가 극소수인 이유를 설명하시며 최대한 말리고 싶으셨던 것이다. 그럼에도 내가 하겠다고 준비되면 그때 말하라고 하셨다. 그리고 만에 하나 운동을 하게 된다면 아버지 대를 이어 농구를 하길 바라셨다. 운동선수의 아내로 살아오신 어머니는 아버지 의견에 힘을 보태시다가도 농구 이야기가 나오면 다른 생각 말고 얼른 건너가 공부하라고 날 안방에서 내보내셨다. 내가 운동선수 되는 것을 아버지보다 어머니가 더 싫어하셨던 것 같다.

아버지는 서른 서너 살까지 현역 농구선수로 뛰셨는데 그때만 해도 그렇게 오래 현역 선수 생활하는 사람이 흔치 않을 때였다. 거기에 운동하던 아버지가 진로가 180도 바뀌어 은행원으로 근무하셨으니 친구분들은 "너네 아버지만큼 독한 사람은 없었다"고 혀를 내두르실 만하셨다.

그런 이야기를 다 들었으니 나도 무서웠다. 아버지는 생활 자체가 진지 모드였고, 노는 것도 모르고 운동과 가족이 전부셨고, 당신을 치장하거나 당신을 위한 물건을 사는 데는 전혀 돈을 안 쓰셨기에 존경하는 마음과 함께 실망시키고 싶지 않았던 것 같다. 그래서 가볍게 '야구나 한번 해볼까?'라는 생각을 할 수 없었다. 깊이깊이 생각하고 또 생각하다가 어느 정도 각오가 되었을 때 감독님께 "잘할 수 있다"라고 말씀드렸고, 감독님은 경기가 끝나지도 않았는데 부랴부랴 마무리를 코치님께 맡기시고 곧장 내 손을 잡고 우리 집으로 향하셨다. 은행 근무를 하시던 아버지가 토요일이라 일찍 퇴근해 계신 것을 알고 내 마음이 바뀌기 전에 얼른 야구부원으로 들이고 싶으셨던 것이다.

인터폰을 통해 내 이야기를 들은 어머니는 흥분하셨고, 아버지는 "무슨 일이냐"라고 하시면서 급하게 계단을 내려오셨다.

나와 부모님, 그리고 감독님까지 시원한 바람이 부는 집 근처 노인정 정자로 자리를 옮겨서 이야기를 나눴다. 감독님은 "용택이가 마음이 선 것 같습니다"고 말씀하셨고, 그 이야기를 들으며 올 것이 왔구나 하는 인정과 그럼에도 불구하고 안타깝다는 아버지의 표정이 너무나 생생하게 기억난다. 아버지는 "용택이, 진짜 결심을 한 거니?"라고 물어보셨고, 난 주저없이 그렇다고 말했다.

아버지는 "넌 이제 야구선수이고, 친구들과 다르게 야구로 대학교를 가고 프로팀을 가고, 먹고살아야 하고, 가정을 꾸려야 한다. 이제 한번 야구에 발을 들였으니 넌 야구선수로 사는 것이다. 포기는 없는 거야. 그래도 할래?"하고 내게 말씀하셨다. 어머니는 거의 울기 직전이었다. 감독님은 연신 걱정하지 말라고 말씀하셨고, 그렇게 야구를 시작하게 됐다.

1990년 6월 2일 밤, 잠이 오지 않았다. 이튿날 아침에 길동초등학교로 연습경기를 가야 하는데, 계속 흥분되고 설레는 마음에 잠을 이룰 수 없었다. 종종 초심으로 돌아가겠다는 생각을 할 때면, 이따금씩 프로에 와서 힘들 때도 그날의 기억을 떠올리곤 했다. 스스로도 즐거운 기억이었지만, 야구선수로서 성공하겠다는 부모님과의 약속이었던 것이다.

6월 3일 일요일, 정식으로 야구를 시작했다. 야구부 유니폼이 없던 난 급한대로 학교 체육복을 입고 갔고, 가자마자 감독님은 나를 주전으로 경기에 뛰게 해주셨다. 그것이 30년 야구 인생의 첫 정식 출전 기록이었다.

"준비되면 그때 말하거라."

인생에서 중요한 결정을 내릴 때마다 아버지의 그 말씀이 생각난다. 선택을 할 때 가장 중요한 것은 누군가의 조언이나 얼마나 다급

한 일이지가 아니라 내가 그것을 위해 준비했고 힘들고 어려워도 끝까지 지켜내겠다는 각오임을 살피게 된다.

또 어린 마음에 최재호 감독님께서 나를 끝까지 포기하지 않으시고 야구의 길로 이끌어주신 것을 보고, 누군가의 마음을 어떻게 움직여야 하는지, 얼마나 진심을 다해야 하는지 온몸으로 알게 되었다. 그런 가르침이 몸과 마음에 자연스럽게 새겨져 어른이 되어서도 사람을 대할 때의 태도를 만들어주었다.

1980년 엄마와 포항 칠포해수욕장

1984년 외할머니댁 근처 영덕 대진해수욕장

꿈을 이루어준
만화책

나의 공식 1호 팬은 내가 프로 입단도 아직 하지 않은 중학교 1학년 당시 내 옆자리에 앉아 있던 친구였다. 만화를 정말 잘 그렸던 그 친구는 "용택아, 만화 하나 그려줄게"라고 이야기했고, 나는 마치 자서전을 쓰는 것처럼 미리 보는 나의 일대기를 친구에게 들려주었다. 야구를 어떻게 시작하게 됐는지, 또 중학교를 온 과정을 세세하게 말해줬고 그 이후부터는 머릿속으로만 그리고 있던 상상의 나래를 펼쳤다.

내가 그 친구에게 이야기한 상상 속 내 모습은 이랬다. 중학교 3학년에 전국대회 우승 트로피를 들어 올릴 것이고, 휘문고등학교를 거쳐 대학을 가겠지. 우리 팀은 천하무적이 될 거야. 물론 힘들 때도 있겠지만 잘 치고 잘 받고, 잘 뛰기까지 하는 내가 있어서 꼭 이겨낼 거야. 그 이후에는 LG 트윈스에 입단하고 더 큰 선수로 쭉쭉 자라 한국시리즈 트로피를 들어 올리며 환호하는 게 만화의 마지막 피날레였다. 내가 이야기한 것을 하나도 안 놓치고 받아 적고 스케치를 해나가던 그 친구는 쉬는 시간마다 그림을 그리고 대사까지 얹어서 잘 그렸는지 모르겠다고 쑥스러워하며 내게 만화책을 선물로 주었다.

다른 팀도 많은데 왜 LG였냐고 많이 궁금해하던데 LG가 서울 팀이기도 했지만 내 이름에 '용'자가 MBC 청룡의 '龍'자와 같기에 내 팀이었다. 1990년 내가 처음 야구를 시작할 때 LG가 MBC 청룡팀을 인수해 삼성 라이온즈와 겨뤄서 4승 무패로 완벽하게 코리안시리즈의 우승 주인공이 되었다. 당시만 해도 나를 비롯한 주위 친구들은 다 LG 팬이었고 그렇게 LG는 야구에 있어서 내 운명이었다.

"용택아, 만화를 그리면서 더 확실히 알았어, 넌 꼭 그렇게 될 거야!"

사내 녀석들끼리 주고받은 농담으로 받아들일 수도 있고, 잘난 척이나 헛소리로 여길 수도 있는 말들 하나하나를 다 기억해가며 책으로 만들어준 것은 진짜 큰 감동이었다. 난 답례로 사인 연습을 열심히 해서 야구공을 건넸다. 그게 내가 처음으로 야구공에 사인을 한 순간이었다. 두꺼운 스프링 공책 한 권에 내 야구 인생 밑그림이 다 생생하게 그려져 있어서 가끔 보기도 했는데 대학교를 입학한 이후에 찾아보니 아쉽게도 공책은 사라지고 없었다.

놀라운 것은 내가 그 만화책대로 살아왔다는 것이다. 노스트라다무스의 예언보다 더 확실한 '용스트라택무스'쯤으로 미래를 볼 수 있는 능력이 내게 있었던 것일까? 그건 아니다. 꿈의 시작이 굉장히 현실적이었기 때문에 어릴 때부터 꿈도, 목표도 구체적으로 세워놓고 살았다. 그리고 그 목표를 잊거나 포기하지 않고 그렇게 살려고 계속 노력해왔던 것이다. 그러다 보니 꿈이 현실로 이루어질 확률이 높아진 것이고, 그 노력 위에 큰 부상 없이 건강이 따라주었고, 집안에 크게 나쁜 일이 생기지 않았다는 행운이 더해져 이룰 수 있었다. 얼마나 구체적으로 꿈을 꾸었느냐 하면 LG에서 은퇴할 때 영구결번과 팀 이적 없이 프랜차이즈 선수를 하겠다는 목표를 이야기했고 만화책에 그 내용까지 나와 있었다. 중학생 때 어쩜 이렇게 당돌하게 영구결번까지 꿈꿀 수 있었을까? 왜 난 외국으로 가겠다는 꿈보다 한국 LG 야구 선수로서 자리를 지키겠다고 마음먹은 것일까? 내가 잘할 수 있는 것, 내 역량을 너무도 잘 알았던 것 아닐까?

영구결번이란, 다른 선수가 쓸 수 없도록 특별히 빼놓는 번호를 의미한다. 프로 스포츠에서는 팀에 크게 공헌한 선수를 기리는 의미로 많이 쓰이는데 때로는 애도 및 추모의 의미로 지정하는 경우도 종종 있다. 내가 19년간 몸 담았던 LG 트윈스에서는 지금껏 두 명의 영구결번 선수가 있었다. 내가 프로야구 선수로 뛰기 바로 전 김용수 선배가 2000년 시즌을 마치고 은퇴하며 '41번'이 영구결번이 되었고, 두 번째 영구결번 선수는 나의 야구 인생에서 빠질 수 없는 존재, 병규형이었다. 2017년 은퇴식을 치르면서 병규형의 등번호 9번이 LG 트윈스의 영구결번으로 지정되었다.

프랜차이즈 스타는 다른 팀으로 이적하지 않고 선수 시절 동안 줄곧 한 팀에서 매 시즌 뛰어난 활약을 펼친 선수들을 의미한다. 한 팀에서 10년 넘게 뛴다고 해도 '잘하지 못하면' 프랜차이즈 스타가 아닌, 그저 평범한 선수에 불과한 것이다.

중학생 때 꾸었던 꿈은 거의 다 이루었다. 원하는 고등학교, 대학교, 프로팀에 들어갔고, 영구결번과 프랜차이즈 선수가 되겠다는 개인의 영광은 다 해낸 것이다. '꿈은 이루어진다'라는 말은 틀리지 않았다. 그러나 꿈만 꾼다고 이루어지는 것이 아니다. 그 꿈을 잊지 않아야 하고, 끊임없이 노력해야 한다. 그리고 그 시간이 아주아주 오래 걸릴 수도 있다. 그때 꾼 꿈을 모두 다 이루는데 나도 30년이 걸렸다.

지금 내 딸 솔비가 열다섯 살인데 내가 꿈과 목표를 구체적으로 세웠던 딱 그 나이 때다. 하지만 아이의 꿈은 여러 번 바뀌고 여전히 바뀌고 있다. 어릴 때 피아노를 배우면 피아니스트였고, 강아지를 키우면서 수의사를 꿈꾸기도 했다. 지금도 무엇을 하고 싶은지 모르겠다고 고민을 한다. 하지만 난 딸이 여러 꿈을 꾸는 것을 응원하고 좋아한다. 꿈이 직업이 되면 아주 오랫동안 그 일을 해야 하는데 너무 어릴 때부터 그 길로 들어서지 않으면 좋겠고, 다양한 것을 충분히 즐기다 진짜 자기가 좋아하는 일을 찾아갔으면 좋겠다.

그리고 꿈을 찾는다면 내 친구에게 내가 꿈을 말해준 것처럼 솔비도 구체적인 목표를 소설이나 동화처럼 쭉 써내려갔으면 좋겠다. 머릿속에만 맴돌던 꿈의 조각들을 퍼즐 조각처럼 맞춰서 꿈의 지도로 나타날 것이라 믿기 때문이다.

개인적인 꿈은 이루었지만, 가장 큰 목표였던 '내가 선수 생활을 하는 동안 우리 팀이 한국시리즈 우승을 하도록 만들겠다'라는 꿈은 이루지 못했다. 너무도 아쉽지만 그건 후배들 몫으로 남겨놓고, 함께 야구장에서 뛰지는 못하더라도 마음 모아 간절히 바라고 어떻게든 도울 방법이 있는지 찾아보겠다.

1986년 설악산 가족여행. 동생과 함께

1987년 초등학교 2학년 피아니스트를 꿈꾸며 집에서

내게는 세 명의
아버지가 있다

내 꿈의 지도였던 만화책의 내용이 다 이루어졌다고는 하지만 작은
변수가 있었다. 그 안에서는 내가 휘문고등학교를 졸업하고 연세대
학교를 거쳐 LG 트윈스에 입단하는 것으로 되어 있었지만, 실제로
는 고려대학교에 입학하게 됐다. 목표했던 대학교 선택에 변화가 생
긴 중심에는 한기성 선생님이 계셨다. 고대를 가야 야구로 성공할
수 있다면서 나에게 고려대를 추천하셨다.

처음에는 의아했지만 다른 학교와 비교해서 고려대가 스파르타식
훈련 방법이라 불릴 만큼 강도가 높았다. 4년간의 대학 생활 동안 강
한 훈련을 받으면서 기술적인 측면뿐 아니라 정신적으로도 크게 성
장했다. 평소에도 많은 훈련을 거치고 격하게 구르는 것을 좋아하는
내게 고려대가 적격이라고 판단하신 것 같다.

고3 여름방학 때부터 4년 내내 휴대폰도 안 터지는 외진 송추운동장에서 훈련을 했으니 그때 고대 야구부의 정신력은 전국 1위였을 것이다.

한기성 선생님은 학생들 사이에서 별명이 '야구광'이었다. 휘문중학교 교장선생님과 휘문고등학교 교감선생님으로 계시면서 학교 야구부장만 10년 넘게 맡으시며 야구와 선수단에 대한 관심이 많으셨다. 경기가 있다 하면 큰일이 없는 한 처음부터 끝까지 외야에서 학생들 경기를 보시고 전력 분석도 하시고, 학교 지원이 필요한 것은 없는지 눈에 보이지 않게 알아서 척척 챙겨주셨다. 그런 애정과 끊임없는 관심으로 지켜보셨으니 내가 어느 대학을 가야 할지 나보다 더 잘 아셨던 것 같다.

그렇게 귀한 선생님께서 나 때문에 큰 사고를 당할 뻔하셨다. 우리 학교는 우측 펜스가 짧은 편이라 그물망을 높게 설치해놓았는데, 그날 내가 연습 타격하며 친 타구가 우측으로 쭉 나가더니 그물망을 훌쩍 넘어갔다. 그런데 그 공이 당시 그쪽 담장 너머에 계시던 한 선생님의 머리를 강타한 것이다.

얼마 동안은 그 사실을 몰랐다. 한참 시간이 흐른 후 선생님의 부상 소식을 우연히 듣게 됐는데, 선생님께서는 공에 맞아 큰 고통에 시달리는 와중에서도 주변 사람들을 붙잡고 선수들과 특히 내게 이야기하지 말라고 신신당부하셨다고 했다. 타구에 맞고 아픈 것보다 내가 그 사실을 알고 위축되고 미안해할까 봐 그게 더 걱정되셨던 것이다.

이렇게 나를 아껴주시고 큰 가르침을 주신 선생님이시기에 당연히 결혼식 주례를 부탁드렸다. 결혼식이 참 재미있었는데 클라이맥스는 축가 순서였다. 1차부터 3차까지 준비되어 있었는데 1차는 성악가인 사촌누나가 무대를 열어주었고, 이어서 가수 싸이 형이 노래 '낙원'을 불러주고, 깜짝 이벤트로 내가 뒤이어 나가 신부를 향해 약속의 의미까지 담아 '사랑의 서약'을 불렀다. 이런저런 이벤트가 많아 결혼식이 길었는데 사랑이 넘치시는 우리 한기성 선생님께서 1시간 가까이 초보 부부에게 당부의 말씀을 이어가셨다. 당신 제자 박용택이 얼마나 멋지고 대단한 학생이었고, 선수였는지 용비어천가 읊으시듯 칭찬 릴레이를 끝도 없이 이어나가셨다. 사회를 맡던 서경석 형이 중간에 어떻게 말씀을 멈추게 할지 여러 번 나설까 말까 고민하다 "아~ 선생님, 잘 들었습니다" 한 마디 거들며 마무리 지으려다가 혼까지 난 추억이 아직도 생생하게 기억난다.

그렇게 서로 안부를 물으며 지내던 지난 2020년 겨울, 선생님께서 오랜만에 전화를 주셨다. "용택아~!" 하고 부르시는데 목소리를 듣자마자 뭔가 느낌이 좋지 않았다. 몸이 좋지 않아 댁에만 머무신다고 당장 찾아가겠다고 했지만, 아픈 모습 보여주기 싫으시다며 낫거든 꼭 보자며 목소리 들으니까 금방 나을 것 같다고 그전까지는 절대 오지 말라고 극구 사양하셨다.

시간이 좀 더 흘러도 선생님의 병환이 좋아졌다는 연락은 오지 않왔고, 난 2021년 6월에 선생님의 장례식을 다녀왔다. 자녀분들의 이야기로는, 꼭 연락해야 할 연락처 목록에 내가 있었고, 몸 상태가 악화되고 나서 치매까지 앓으셨던 선생님이 정신이 돌아오실 때면 항상 날 찾았다는 것이다. 내 경기도 매일 같이 다 챙겨 보셨다고 들었다.

오지 말라고 하셨지만 속마음은 얼마나 보고 싶으셨을까? 가서 뵈었어야 했다고 후회해보지만 이미 늦었다. 어릴 적 제자가 친 공에 맞으신 모습도 보여주기 싫어하셨던 선생님이셨는데 당신이 병든 모습은 얼마나 보여주기 싫으셨을까? 아직도 선생님의 깊은 뜻은 헤아리기 어렵다. 하지만 분명한 건 나 역시 한기성 선생님이 너무도 많이 그립고 보고싶다는 것이다.

얼마 전 선생님께서 보내주신 기사 스크랩북을 찾아 다시 살펴보았다. 제자가 잘되길 바라고 자랑스러워하는 마음으로 모으셨을 그 마음에 보답하기 위해서라도 더 잘 살아야겠다.

야구선수로 자라기까지 내게는 세 분의 아버지가 있다. 자연인 박용택으로 태어나 야구선수 박용택으로 다시 태어나기까지 필요한 몸과 마음의 영양분과 기본 골격을 만들어주신 나의 진짜 아버지 박원근 님, 야구의 길로 처음 이끄시고 야구선수에게 이름표나 마찬가지인 등 번호 33번을 선물하신 최재호 감독님과 어린 선수가 바르게 클 수 있도록 인도해주시고 대학 선택과 결혼식 주례까지 중요한 순간마다 함께해주신 한기성 선생님의 보살핌이 지금의 내 기초를 튼

튼히 세워주셨기에 오늘이 있었다는 것을 고백한다. 한기성 선생님은 뵙지도 못하고 빨리 보내드렸지만 남은 두 분은 더 많이 찾아뵙고 더 많이 존경과 사랑을 표현하며 오래오래 함께하고 싶다.

2002년 신인 시즌 끝내고 가족사진. 부모님과 여동생

난 누굴
닮은 걸까?

첫 마음을 지킨다는 건 참 어려운 일이다. 아버지께서는 운동선수로 산다는 것이 얼마나 어렵고 책임감과 성실함이 필요한 일인지 초등학생 때부터 누누이 말씀하셨기에 나는 아침마다 '성실하자, 감사하자, 책임을 다하자'를 마음속으로 외치며 살았다. 그런데 고등학교를 졸업할 때쯤엔 나에게는 야구선수로 사는 게 어쩌면 다른 것보다 어렵지 않을 수도 있겠다는 순간이 찾아왔다.

 좋은 감독님과 선생님 덕분에 휘문중과 휘문고를 거치며 청룡기 우승, 대통령배 MVP 등을 거머쥐기도 하고, 원하는 프로 팀에 들어가고, 대학 입학까지 앞길이 술술 풀려나갔다. 물론 훈련도 열심히 했지만, 친구들도 만났고, 학교 앞에 코엑스가 있어서 쇼핑도 가고 멋도 부리기도 하는 소소한 여유도 부렸다. 가슴 저 밑바닥에서는 '내가 야구선수로 타고난 조건이나 운동 신경이 좋아서 잘해나가는 것 아닐까? 아버지 때와는 시대가 바뀌어서 다를 수도 있지 않을까?' 하는 자만심이 스물스물 기어 올라오고 있었다. 그런 생각이 틀렸고, 내 자만심을 와장창 깨준 것이 대학교였다.

어른이 되었고, 4년 후 진로도 정해졌으니 여유 있게 대학 캠퍼스를 찾았다. 그런데 등교 첫날부터 캠퍼스의 낭만 따위는 어디에도 찾아볼 수 없었다. 함께 들어온 선수들이나 선배들을 보니 모두 고등학교 때의 상대들보다 훨씬 레벨 업 된 상태였고 내가 우물 안 개구리였구나 싶었다. 중고등학생 때보다 훨씬 더 힘든 훈련도 기다리고 있었다.

첫마음을 회복해야 했다. 남들보다 더 잘하는 것은 딱 한 가지였다. 포기하지 않고 노력하는 것. 열이 39도까지 올라도 훈련을 했다. 감기 몸살에 걸려도 운동을 거른 적이 없었다. 대학 때도 이 마음으로 한다면 아무리 다른 선수들이 잘한다고 하더라도 내 위치를 찾을 것이라 다짐했다.

이런 것들을 생각하자 아버지가 진짜 대단하신 분임을 알게 되었다. 놀고 싶은 때도 있으셨을 것이고, 친구들과 만나 흐트러진 모습을 보이고 싶으셨을 텐데 존재 자체가 성실과 책임감으로 보일 만큼 그 길을 묵묵히 걸어오셨으니 어떻게 존경하지 않을 수 있을까?

맞다, 이런 참고 버티는 걸 잘하는 것은 아버지를 닮았다. 아버지의 신체 조건을 닮고, 정신력도 이어받았다. 나의 어머니는 영원한

문학소녀로 여전히 책을 좋아하시고 따스한 감성을 가지신 분으로 내가 어머니의 눈물 많고 정 많은 것을 닮았지만 그래도 난 돌연변이같은 구석이 많다.

옷이나 패션 아이템에 관심도 많고, 사람들과 어울리는 것도 좋아하고, 노래방 가서 노래 부르는 것도 좋아한다. 어릴 때부터 내 옷은 누가 사다 줄 수가 없었다. 어머니가 사 오시면 입지 않았고 내가 꼭 같이 가서 골라야 하니 피곤한 스타일이었다. 교복을 입지 않았기에 고등학교 때도 보통 점퍼나 티셔츠 입는 친구들이 많은데 난 카디건과 셔츠에 구두 신는 것을 좋아했다.

춤에 대해서도 특별한 추억이 하나 있다. 졸업 전 2000년 고연전에서 연세대 조용준 선수가 9회 말 2아웃 상황까지 3피안타 무득점으로 우리 타선을 막고 있고 점수는 1대0으로 연세대의 승리가 눈앞이었다. 당시 연세대 선수들은 승리를 거의 확신하고 더그아웃에서 튀어나올 준비를 하고 있었다.

하지만 진짜 승부는 9회말 2아웃부터라 했던가. 3번 타자 김문식이 안타를 치고 나갔고, 내가 몸에 맞는 공으로 진루했다. 주자 2사 1, 2루 상황, 이택근 선수가 투 스트라이크라는 불리한 볼카운트에도 유격수 옆을 빠져나가는 적시타를 치며 1대1 동점을 만들어냈다. 경기는 결국 무승부로 끝났다. 질 뻔한 우리 팀이 극적인 무승부를 이루자 응원석에서 승리와 다름없는 환호성과 함께 승리의 뱃노래를 만끽했다. 그날 기분이 너무 좋아서 야구장 응원단상에 올라가

웃통을 벗고 테크노댄스를 췄다. 난 그렇게 흥도 많고 영화를 보다가도 울고, 슬픈 이야기를 듣다가도 울만큼 눈물도 많다.

내 관리에 독한 것은 아버지를 닮고 눈물 많고 감정 표현에 솔직한 것은 어머니를 닮았다. 어디 부모님만 닮았을까? 한진영, 내 아내와 2005년에 결혼했으니 벌써 17년이 흘렀다. 생각 많고 하루하루 계획으로 꽉 찬 나와 자유로운 영혼을 가진 아내가 한집에 살다 보니 초반에는 다투기도 많이 다퉜다. 그러다 서로 맞춰주고 인정하며 닮아가는 부분이 더 많아졌다. 나를 가르치신 선생님과 감독님의 좋은 점도 닮고자 노력하고, 선배님과 동료 선수들에게서 배울 점이 보이면 내 것으로 만들고자 노력한다.

난 박용택이다, 그건 누가 뭐래도 변하지 않는다. 하지만 내가 더 좋은 선수가 되고, 멋진 사람이 되어 사람 부자로 살아갈 수만 있다면 다 바꿀 수 있다. 그래서 아마 음주가무도 즐기는 우리 집안 돌연변이가 나온 것 같다.

1999년 한미대학야구선수권대회 참가중. 미국 애리조나

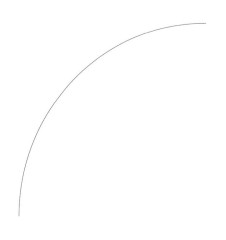

나를 증명해
보이리라

"이억 삼천만 원이요? 저는 이 금액에 사인 못합니다."

"아니, 구단이 그렇게 책정했다는데 신인이 무슨 뾰족한 수가 있 겠냐? 그냥 사인하자."

"저는 도저히 받아들일 수 없습니다. 어떻게 제가 서승화 계약금 반 토막도 안 됩니까?"

2001년 가을, 대학 졸업을 앞두고 입단 계약금을 놓고 LG와 계약 협상 테이블 앞에 앉았다. 돈 문제라 예민하기도 하고 조심스러운 부분이 많지만 매일 시험을 보고 몇십만 명이 내 성적표를 함께 쳐 다보고 있는 프로의 세계에서는 계약금과 연봉으로 내 실력을 인정 받는 것이라 중요한 문제일 수밖에 없다.

도장을 찍으라는 입장과 절대 찍을 수 없다는 입장이 팽팽하게 이어졌고 난 이해할 수 없는 계약 조건에 도장을 찍을 수가 없었다.

"서승화는 왼손 투수고 150㎞짜리 강속구를 던지는 유망주야. 메이저리그에서도 데려가려고 하니까 5억을 책정한 거라고."

내 동기 서승화를 샘낸 것이 아니다. 그를 깎아내리는 것도 아니었다. 그의 장점도 충분히 알고 있다. 195㎝의 큰 키에서 4학년 때 시속 150km가 넘는 강속구를 던져 주가가 치솟았다. '지옥에서도 데려온다'는 좌완 파이어볼러. 메이저리그 스카우트들의 표적이 됐고, LG 역시 서승화를 잡기 위해선 거액의 계약금을 베팅할 수밖에 없었다.

다만 내가 생각하는 나의 장래성과 가치를 제대로 평가받고 싶었다. 그만큼 스스로 최대한 객관적으로 평가해봐도 장점이 많고 내 실력도 더 발전할 것이며, 분명 팀 기여도도 높을 것이라 판단했다. 나와 협상을 벌이는 유지홍 스카우터한테 "내가 계약금을 올릴 수 있는 방법이 있을까요?"라고 당돌하게 물었다. 스카우터는 그냥 물러날 신입이 아니라는 것을 알았는지 생각을 정리하더니 입을 열었다.

"마무리캠프 가서 김성근 감독님 앞에서 실력을 보여줘. 감독님이 당장 내년에 주전으로 쓸 수 있는 선수라고 인정하면 구단에 얘기해서 계약금 올려줄게."

그래, 이것이다. 그때 다시 평가해서 천만 원짜리 선수라고 판단하면 천만 원을 받겠으니 대신 삼억짜리 선수면 삼억 원을 달라고 했다. 신인치고 이런 선수 없었다는 것을 잘 안다. 내가 얼마나 황당하고 당돌한 제안을 한 것인지도 알고 있다. 신인이 계약도 안 하고 마무리캠프에 가는 것도 이례적이지만 내가 생각한 내 존재 가치를 낮추고 싶지 않았다. 김성근 감독님은 예나 지금이나 '지옥훈련'의 대명사라 숨을 제대로 쉴 수 없을 때까지 몰아세우신다. 그런데 혼을 갈아넣는 각오로 매일 훈련에 임했고 11월 오키나와 마무리캠프가 끝나자 12월에 LG 선수단을 이끌고 한겨울 바람 많은 제주도로 넘어가 칼바람 속에서 훈련을 이어갔다. 드디어 감독님이 부르셔서 가보니 계약 안 하고 훈련에 와 있는 이유를 물으셨다. 내 사정과 생각을 말씀드렸더니 그 자리에서는 별말씀 없이 나가보라고 하셨다. 틀린 걸까? 할 만큼 했고 보여드릴 만큼 했기에 조금의 아쉬움이나 후회도 없었다.

며칠 후 스카우터가 제주도로 와서 다시 마주앉았다. 감독님이 주전으로 쓸 수 있는 선수라고 하셔서 네가 말한 대로 삼억 원에 계약하기로 했다며 계약서를 내밀었다. 그렇게 내 첫 계약이 이루어졌다. 프로야구에서 전무후무한 '후불제 계약'이었다. 지금도 잘했다고 생각한다. 난 사정하지도 않았고, 포기하지도 않았다. 싸우지 않으면서도 내가 이해할 수 있는 조건을 내 힘으로 만들어낸 것이다. 내가 누구인지 얼마나 할 수 있는지, 나만큼 잘 아는 사람은 없다. 섭섭해할 것 1도 없다. 그것을 알 수 있도록 내가 보여주면 되는 것이다.

2002년 일구상 신인상 수상 (가운데)

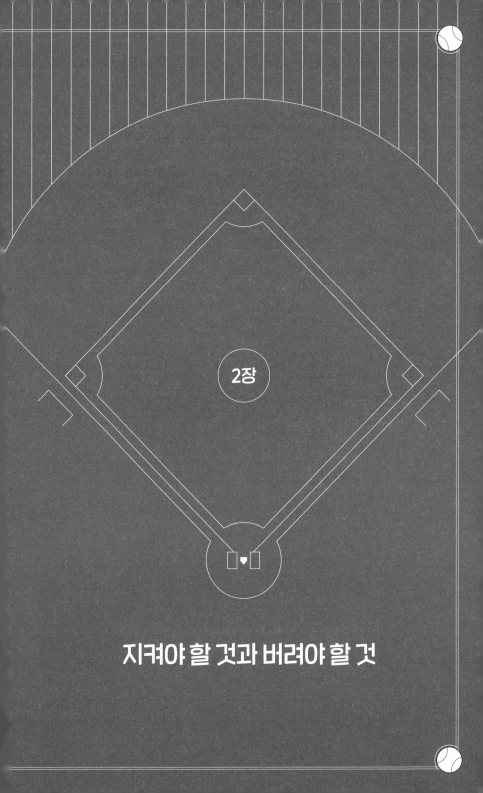

2장

지켜야 할 것과 버려야 할 것

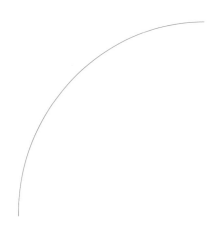

자신감은
다짐이 아니라
준비다

고등학교 때까지는 자신감으로 똘똘 뭉쳤던 나였지만, 대학에 올라가서 벽에 한 번 부딪치고 학년이 올라갈수록 괜찮다가 프로야구 선수로 입단하니 더 높은 벽을 만났다. 자신감도 없고 야구장에 가는 것이 두려울 때도 있었다.

대학에 올라가 만난 벽의 높이가 의자 하나 놓고 넘을 정도였다면 프로 입단 후 만난 벽은 사다리를 놓고 올라가야 할 만큼 높아졌다. 점점 높은 사다리가 필요했다.

야구의 나이테도 늘고 점점 내 실력도 느는데 왜 낮아져야 할 벽은 높아지고 자신감도 떨어지고 스스로 작게 느껴질까? 그건 내가 상대해야 하는 경쟁자들의 수준도 함께 올라가고, 내 문제를 너무도 잘 알기 때문이었다.

우물 안 개구리가 세상 밖으로 나온 것이다. 그것을 이길 수 있는 것은 노력밖에 없었다. 아무리 마음속으로 '난 잘할 수 있다!'고 외치고 '지금껏 잘해왔잖아. 오늘도 잘할 거야'라고 주문을 걸어도, 자신을 세뇌시키며 다짐과 각오를 다져도 막상 나가면 그 마음가짐은 무너지기 일쑤였다. 그때 이런 말을 듣게 된 것이다. "자신감은 다짐이 아니라 준비다." 처음에 누가 말했는지는 알 수 없지만 그 말이 정말 진리였다. 처음 듣는 말은 아니었고, 마음으로 확실히 정리하지 못한 상태였는데 그 말을 박찬호 선배가 어느 인터뷰에서 하는 것을 들으며 머릿속에 번개가 쳤다.

자신감에 대한 고민은 나만 그런 게 아니라 야구 동료, 후배들과 다른 분야에서 일하는 친한 동생들도 자주 묻는 질문이다.

"형은 어느 자리에서건 떠는 것을 못본 것 같아요"라고 말하며 자기는 자신감이 없고, 잘하다가도 실전에 들어가면 실수하고 바들바들 떨린다고까지 덧붙인다. 그리고 자기가 자기를 가장 믿지 못하겠다는 말을 많이 한다.

내가 겪은 시행착오를 짧게 끝내길 바라는 마음에서 그들에게 자신감은 준비에서 온다는 말을 해주지만, 그들도 때가 되어야 이 말이 진짜 자기 것으로 소화될 것이다.

난 자신감을 키우기 위해 나를 객관화해서 바라보는 준비를 시작했다. 첫 번째로 나의 기술적인 문제점이 뭔지를 쓰는 것이다. 두 번째는 신체적이나 체력적으로 무엇이 떨어졌는지 확인한다. 세 번째는 외부 요인이나 제3자에게 어떤 영향을 받고 있는지를 떠올려본다. 그리고 환경적인 문제는 무엇이 있는지 점검한다.

이런 과정을 통해 어떤 결론이 나왔는지를 살펴보면 대부분 해결책이 나온다. 거기서 머무는 것이 아니라 내가 당장 할 수 있는 부분부터 하나씩 해결해나가면 어느새 많은 문제가 해결된다.

내가 가진 '예민함'이란 문제를 극복하는 과정도 마찬가지였다. 최대한 부정적인 생각이 떠오르는 것을 피하려고 노력했다. 예를 들어, 내가 싫어하는 사람이라면 경기 전에 대화를 하지 않거나 일부러 피하는 등의 방법을 썼다. 음식도 싫은 것은 피해 가려 먹고, 경기가 있을 때는 말도 가려 하고 가지 말아야 할 곳도 안 가고 조심했다. 무언가 조금이라도 마음에 걸리는 것을 하고 경기에 나갔다가 결과가 안 좋거나, 컨디션이 안 좋으면 모든 게 그것 때문인 것 같아 계속 마음이 쓰이고 그런 행동을 한 나를 질책하게 된다. 좋은 것만 보고, 기분 좋은 생각만 하고, 긍정적인 것만 떠올리며 몸과 마음을 깨끗하게 유지했다. 부정적인 것들을 의식적으로 하지 않다 보면 저절로 그것을 멀리하는 데 조금씩 익숙해지고 여유를 갖게 된다. 좋은 과정을 밟아 좋은 결과를 얻으면서 그 과정이 반복되고 차근차근 쌓여 자연스럽게 몸에 배 나오는 것이 바로 자신감이다.

1996년 중학교 국가대표. 멕시코

1996년 고2 서울시 춘계리그 및 대통령배 예선대회 결승

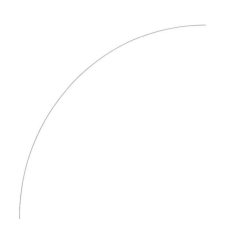

자신감을 찾는
지름길

시험 볼 때 한 번씩은 경험했을 것이다. 못 푸는 문제가 나오면 계속 잡고 있어봤자 시간만 버리고 풀 수 없었던 것을. 그러다가 못 푼 문제가 생각 속에 계속 남아 다음 문제에도 영향을 미치고 시간이 부족해서 나중에는 답을 찍어야 할 수도 있다. 문제가 안 풀리면 표시해놓고 다음 문제부터 푸는 게 요령이다.

풀다 보면 갑자기 답이 생각나기도 하고, 이번에는 못 풀었지만 오답 노트에 적고 연구하면 다음에 똑같은 문제가 나왔을 때는 정답을 맞추게 된다.

야구에서도 그런 문제들을 몇 가지 발견했다. 계속 노력하면 몇 개의 문제는 풀리기도 하지만 아무리 노력해도 남아 있는 문제가 있었다. 예전처럼 예민한 성격을 가진 나였다면 아마 그 남은 몇 개의 문제를 해결하려고 붙잡고만 있었을 것이다. 그런데 내가 하는 노력들을 계속 유지하고 발전시키면서 '지금 내가 해결할 순 없지만 언젠가는 되겠지'란 긍정적인 생각으로 그냥 지나쳐 갔다. 그렇게 시간이 흐르다 보면 어느 순간 그 문제가 해결할 준비가 되어 있는 나를 본다.

마인드 컨트롤의 중요성이 여기서 나타나는 것이다.

투수가 갑자기 흔들릴 때 포수가 마운드에 올라가 대화를 나누는데 그때 둘이서 무슨 말을 하는지 너무 궁금해서 포수들에게 물어본 적이 있다. 그러면 십중팔구 "자신감 있게 던져"라는 말을 했다는 것이다.

그 말을 들은 투수는 "어떻게 던지는 게 자신감 있는 것일까?"라는 의문이 든단다. 당당하게 나를 믿고 던지라는 것인가? 아니면 연습 때처럼 던지는 게 자신감 있는 것인가? 성적 좋은 투수들한테 물어봐도 "정확한 답을 모르겠다"라고 했다. 막상 그렇게 주문한 포수들도 뾰족한 답을 주지는 않았다. 오랫동안 야구를 하면서 나 역시 자신감에 있어서 '어떻게'에 대해 갈증을 많이 느꼈다.

내가 찾은 자신감의 정의는 '내가 준비한 만큼, 할 수 있는 만큼 두려워하지 않고, 흔들리지 않고 하는 것'이다. 말은 참 쉽다. 이렇게 말하는 나도 여전히 실패가 두렵다. 한 타석 한 타석 매번 잘할 수는 없는데 잘했으면 좋겠고, 루 상에 못나가고 아웃 당하면 실망스러웠다.

야구는 3할 이상의 성적을 유지하면 좋은 타자이다. 그건 10번 중 7번은 실패를 맛본다는 뜻이다. 그만큼 야구선수의 일생은 성공보다 더 많은 실패와 마주쳐야 하는 삶이다. 수많은 과정을 거쳐 단련된 프로선수라도 실패와 마주하는 건 결코 쉬운 일이 아니다.

자신감을 찾는 왕도는 없지만 지름길은 있다. 그건 지나간 실수나 나쁜 기억은 빨리 잊는 것이다. 그것이 야구선수, 특히나 수천 번 타석에 들어서는 타자에겐 더더욱 중요한 일이다.

잊고 싶다고 잊혀지면 사람이 아니다. 한 번에 되지 않는다고 자신에게 실망하지 말자. 내 머릿속에 지우개가 있는 것도 아니고, 감정이 없는 로봇도 아니다. 모든 것은 반복 훈련이 필요하다. 인내심을 갖고 포기하지 않으니 할 수 있었다.

나쁜 기억이 떠오르는 것을 억지로 지우려고 하면 할수록 더 생각났다. '아! 전 경기에 저 투수한테 타율이 안 좋고 삼진을 많이 당했는데 이번에도 그러면 어떻게 하지?' 생각하면 할수록 해결책은커녕 이번에도 삼진 당할 것 같고 벌써 마음으로 한 수 지고 들어가게 된다. 그 생각이 들면 "맞아, 그때 이래서 그랬지!"라고 편안하게 받아들이려고 노력했고, 가끔은 그 기억 대신 전에 내가 잘한 것, 좋아하는 것들을 떠올리려고 노력했다.

그것이 조금씩 조금씩 연습되었을 때는 아무 생각 안 하고 지금 이 자리와 이 순간에 집중하려고 했다. 이것을 마음 청소라고도 하는데 안 좋은 것을 쌓아놓고 있으면 좋은 생각이 들어올 틈이 없다.

마음의 크기는 정해져 있다. 구겨 넣는다고 해도 부피가 커질 수밖에 없다. 그러니까 자꾸 버려야 한다. 그렇게 나쁜 기억으로부터 자유로워지는 훈련을 하다 보니 일상 생활에서도 유용하게 쓰고 있다.

(상)1996년 세계청소년야구선수권대회 참가. 쿠바
(하)1998년 12월 구강암 수술과 치료 끝내고 친구 김봉수와 동해바다

최다와 최초의
기록이 말해주는 것

나를 말할 때 많은 분들이 인정해주시는 부분이 KBO 리그 최초 2500안타에 이어 역대 최다 경기 출장 신기록을 달성했다는 것이다. 2020년 10월 8일 잠실구장에서 열린 삼성과의 홈경기에서 7회 말 2사 1루 정주현의 대타로 출전해 삼성 구원투수 심창민을 상대로 중전 안타를 때렸다. 이 타석으로 개인 통산 2,224번째 경기에 출전하게 됐고, KBO리그 최초로 개인 통산 2,501번째 안타를 성공시켰다. 그 전 지난 6일 삼성전에서 9회 말 대타로 출전해 우익수 키를 넘기는 2루타를 터트리며 KBO리그 역사에서 아무도 넘보지 못했던 2,500안타 고지를 밟는 영광도 차지했다.

그 외의 기록들을 쭉 살펴보면 그건 내가 남보다 잘했다는 것보다, 또 남보다 먼저 했다는 것보다 성실하게 선수 생활을 했고, 목표에 도달했다는 것이 더 의미 있는 일이라고 본다. 내가 구체적으로 나의 목표를 세웠던 때는 한창 과도기를 겪고 있던 2010~2011년 즈음이었다. 20대 때 7~8년의 기간에 평균 타율 2할7푼9리의 타율을 기록했던 타자가 30대 들어서 3할2푼 이상의 평균 타율을 기록한 건 세계적으로도 드문 일이다. 그땐 막연하게 20대 때 2할 타자였으니 30대 때 3할 타자가 되고, 40대 때 4할 타자가 돼서 멋지게 은퇴하자고 생각을 했는데 실제로 그게 이루어졌던 것 같다.

만 30~39세, 이 기간에는 10년 연속 3할 타율이라는 최초의 기록을 썼다. 방망이를 거꾸로 잡아도 3할을 친다던 준혁 선배나 성호 형도 연속 시즌 3할 타율 기록을 모두 9년에서 끝낼 정도로 10년 연속 3할 타율은 그 누구도 쉽게 범접할 수 없는 기록이었다. 나는 만 30세였던 2009년 타격왕이 되고 나서 스스로 30대의 10년 동안 3할을 치겠다고 다짐했다. 사실 무언가를 더 하고 싶었지만, 2010년과 2011년 야구가 내 뜻대로 쉽지 않았던 영향이 심리적으로 크게 작용했다.

그리고 나서 가만히 생각하니 2010년 은퇴를 했던 양준혁 선배의 기록통산 2,318안타까지는 갈 수 있겠다고 생각했다. 또, 현실 감각이 계속 쌓이다 보니 임팩트로 보면 리그의 최고 타자 자리는 힘들다고 느꼈다. 스스로 객관적으로 보는 시선으로 나만의 현실적인 목표를 세우게 됐고, 마흔 살까지 주전으로 활약하면 다른 건 몰라도 내가 잘 치는 안타만큼은 양준혁 선배 기록 근처까지 갈 수 있다는 생각이 들었다. 중간 중간 힘들고 포기하고 싶은 순간이 있었지만, 뚜렷한 목표가 생기면서 그럴 때마다 나 스스로를 바로잡을 수 있었다.

마흔 살까지는 시즌 전에 아주 구체적인 계획을 세웠다. 어느 정도로 구체적이었냐면, 올해 몇 경기를 뛰어야 하고 안타, 타석 등 모든 기록을 적는 것이었다. 심지어 볼넷, 희생플라이 개수, 출루율과 장타율까지 적어놓았다. 그렇게 설정을 해놓고 한 달마다 비율 스탯을 가지고 현재 기록과 예상치를 비교하며 나름대로 월간 결산을 스스로 했다. 안타는 언제든지 만회할 수 있었는데 볼넷이나 홈런 개수가 조금 떨어지면, 어떻게 해야할 지 계산이 섰다.

매주 월요일에는 상대 선발 로테이션이나 최근 나의 타격감, 다음 주에 만날 투수 등을 종합적으로 고려해 한 주의 목표를 정했고, 매일 취침 전에는 정립된 루틴을 수행하는 것과 더불어 이튿날 경기에서의 목표를 정했다. 대강 어느 정도 달성하는 것이 아니라, 정확한 숫자까지 맞춰 놓는 것이 나의 목표 설정이었다.

그렇게 집요할 정도로 기록하고, 목표를 향해 달리니 결실을 맺었다고 본다. 만약 내가 머릿속으로만 생각하고 이렇게 되었으면 좋겠다고 꿈만 꾸었다면 나는 어쩌면 이루지 못했을지도 모른다. 아니 이루지 못했을 것이다. 그건 말 그대로 꿈이기 때문에 내가 이루면 좋은 일이고, 안 되도 어쩔 수 없다고 잊어버리면 그만이기 때문이다. 그런 만큼 힘들고 어려우면 목표를 낮추게 되고, 그 자리에 안주하게 된다.

나의 집요함과 예민함, 계획성과 생각 많음이 이럴 때 도움이 된다. LG 트윈스 신인 선수들을 대상으로 한 오리엔테이션에서 강의를 진행했을 때 했던 이야기인 '구체적인 목표를 세우고, 세웠다면 아주 구체적인 계획을 세우고, 그렇게 됐다면 그것을 지속적으로 실행하라'는 것의 결정판이 이것이라고 본다. 내가 분명히 지켜왔고 경험했기에 자신있게 말해줄 수 있었고, 이건 야구 뿐아니라 살아가는 데 있어도 늘 통하는 방법이다. 말하는대로 생각한대로 분명 된다. 그러나 그만큼 구체적으로 설계하고 정확한 방향으로 쉼없이 나아가야 한다는 전제가 붙는다.

2009 5월 22일 KIA전, 무등경기장

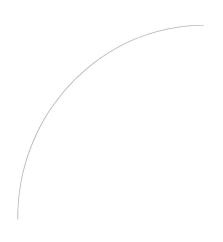

노력으로
안 되는 것

남들이 나를 보면서 이해하지 못하는 부분 중 하나가 왜 가만히 못 있느냐는 것이다. 내가 산만해서 그런 게 아니고, 좋은 말로 하면 실험 정신이 강하다고나 할까? 난 내가 가진 것을 지키며 그대로 있는 것을 유지라고 생각하지 않는다. 내가 야구 동영상을 보면서 투수나 다른 타자들을 분석하듯 다른 선수들도 마찬가지다. 매일 조금씩 변화하고 성장하지 않으면 제자리가 아니라 뒷걸음질 치는 것이다. 그러니까 좋아질 수 있다는 가능성이 보이면 무엇이든 해봐야 직성이 풀린다.

2009년에 0.372의 타율을 기록하고 다시 한번 뭔가를 보여줘야 한다는 강박이 심해졌다. 더욱이 2010 시즌을 마치면 FA였고, 박종훈 감독님이 새로 오시면서 주장을 맡은 터라 어깨가 무거웠다. 시즌 시작하고 네다섯 게임 만에 첫 안타가 나왔고, 2010년 6월까지 1할6푼 대의 타율을 기록했다. 이후 약 3개월가량 4할을 치며 반전을 이뤄 내긴 했지만 그 시즌에 야구와 인생에 대해 많이 배웠다,

좋은 일 생긴 다음에 바로 나쁜 일이 생기는 게 인생일까? 슬럼프 가 찾아온 것이다. 그것을 극복하기 위해 선수들이 하는 건 다해봤 다. 남들이 말릴 만큼 연습을 했고, 내가 생각해도 '이 정도 연습했으 니까 분명 잘할 수 있어. 좋은 일 생길 거야'라고 생각하고 자신감 넘 쳐 경기에 나갔는데 결과는 계속 좋지 않았다. 그런 슬럼프가 길어 지면서 몸도, 정신도 지치고 이대로 끝내야 하는지에 대해 깊은 고 민을 해보았다.

그러다 경기 없는 날에 한두 번은 술도 마셔보고, 완전히 연습을 놓고 놀기도 하고, 그것도 안 되면 책을 읽고, 영화를 보는 등 야구가 아닌 다른 데로 관심을 돌리려 노력했다. 신기하게 야구 생각을 안 하니 야구가 다시 잘 되기 시작했다. 역시 비워야 채울 수 있다는 것 을 그때 배웠다. 그래서 후배들이 슬럼프에서 벗어나는 법을 물어오 면 가급적 루틴에서 벗어난 연습을 해보라고 말해준다. 안 그래도 정신적으로 힘들고 지치기 마련인데 거기에 더 많은 연습량까지 얹 으면 몸도 마음도 과부하가 걸리기 마련이다. 그 상태로 경기에 나 간다고 해도 컨디션이 좋을 수가 없다. 그럴 때일수록 한 발자국 뒤 로 물러나 다 내려놓고 나를 돌아보며 평소대로만 연습하고, 생각의 문을 조금 닫아주어야 한다는 것을 그때 참 온몸으로 배웠다.

2004년 7월 17일 올스타전
홈런 레이스 참가중

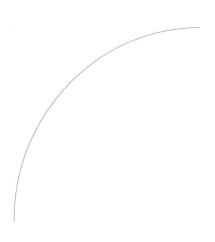

바꿀 수 있는 건
다 바꾸자

2011년도는 선수로서 큰 결단의 시기였다. 몸을 바꾸기로 했다. 입단할 때만 해도 빠른 발에 어깨도 좋아 특급 외야수가 될 것이라고 기대를 많이 받았다. 나도 기대에 부응하려고 노력했지만 부상 당한 오른쪽 어깨 통증이 점점 심해졌고, 어깨에 대한 부담이 갈수록 커지며 2~3년 동안에는 좌익수 자리에서도 뜻대로 공을 던지기 어려웠다. 한참을 생각하고 되돌아보며 그 문제를 해결하기 위한 방법을 생각했지만 답이 없었다. 난 감독님을 뵙고 "공 던지는 게 쉽지 않습니다"라고 말씀드렸다. 숨긴다고 숨길 수 있는 게 아니었기에 솔직하게 고백하고 그 대안으로 지명타자에 전념할 차례라고 생각했다.

내가 생각한 지명타자의 경쟁력은 '공포감'이었다. 고타율에 기동력도 좋지만 장타를 칠 수 있으면서 타점을 올릴 수 있는 그런 타자가 되어야 했다. 타석에 서 있는 것만으로도 존재감 넘치는 선수가 되기 위해 난 몸무게를 늘렸다. 체중과 파워는 비례하기에 미친 듯이 먹었다. 그렇다고 아무것이나 먹지는 않았다. 탄수화물은 거의 먹지 않았고 벌크업을 위해 나중에는 고기가 쳐다보기도 싫을 만큼 양질의 단백질을 많이 섭취했다. 보통 88~90㎏ 정도를 유지하다가 10㎏ 가까이 몸을 불렸다. 단순히 살찌우는 게 목적이 아니라 힘을 키워야 했기에 웨이트 트레이닝도 미친 듯이 했다. 그전에는 어깨에 대한 미련 때문에 어깨 힘을 키우기 위해 엄청난 공을 들였지만 그 시간마저 다른 웨이트 트레이닝으로 돌려 비거리를 늘리는 훈련을 열심히 했다. 히팅 포인트도 바꾸었다. 공 한 개에서 반 개 정도를 앞에 두고 때릴 수 있도록 바꿔가려고 했다. 내가 그렇게 하려고 했던 것은 타구에 그만큼 힘이 실린다는 것을 봐왔기 때문이다.

또 그때까지 한번도 생각지 않았던 노려치기도 경우에 따라 했다. 원래는 타석에 들어가 그때 날아오는 공에 집중해서 공 치기를 했는데 장거리 타자가 되려면 들어갈 때부터 노림수를 갖고 가야 할 것 같아 두 가지를 병행하기로 했다. 목표도 세우고 그에 맞는 맞춤 준비도 해나간다고 자신했지만 생각과는 다른 결과가 기다리고 있었다.

많은 것을 바꿔가며 강한 타구, 장거리 타구에 신경 쓰고 초점을 맞췄다. 그런데 결국에는 내 것이 아니었다. 홈런 개수는 늘어났을지 모르지만 내가 잘할 수 있는 것을 놓치게 됐다.

2010년 5월 27일
KIA전 잠실야구장

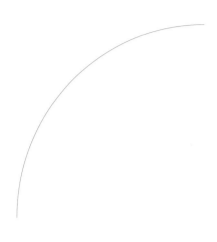

슬럼프를
벗어난 비결

수학 공식처럼 타격에 관한 기본기에도 정석이 있다면 4할을 치고, 5할도 치는 타자가 나와야 한다. 하지만 세상에 똑같은 타격폼은 없고, 같은 타자가 쳐도 타이밍에 따라 다 다르다. 결국 타자는 어떤 공을 만나든 가장 잘 싸울 수 있는 수많은 방법을 미리 준비하는 게 중요하다. 투수에 따라 다르고, 같은 투수라도 그날 컨디션에 따라 다른 타법을 구사한다. 그때그때 다른 타법을 들고 나가 스탠스를 넓게 벌리기도 하고 좁히기도 하고, 노스텝으로 치기도 하고, 테이크백을 조금씩 달리 변화시킨다. 내가 준비할 수 있는 타법의 수가 많을수록 상대는 나를 더 경계하고 어떻게 나올지 몰라 긴장하게 된다. 그것이 내 강력한 무기라고 생각했다.

2015년 시즌에 7월까지 내 타율은 2할8푼7리였다. 6월을 3할8리로 마쳤지만 7월 19경기에서 타율이 2할1푼9리에 그치는 부진을 겪으면서 타율이 곤두박질쳤다. 그러나 8월부터 다시 시동을 걸기 시작해 8월 17경기에 나와 4할3푼9리의 고타율을 기록하면서 시즌 타율도 어느덧 3할1푼1리까지 끌어올렸다.

그때 슬럼프를 털어내고 타격감을 끌어올린 비결로 타격폼 변화를 꼽는다. 난 다시 변화를 주었다. 배트를 쥔 손의 위치를 바꿔보기도 하고, 스탠스의 위치를 변화시키기도 했다. 양준혁 선배의 '만세타법'에서 영감을 얻어 양손으로 배트를 끝까지 잡던 것을 버리고 공을 때리는 순간 왼손을 놓기 시작했다. 내 몸에 맞게 점점 고쳐가며 연습했는데 양손 힘으로 타격할 때보다 파워는 줄었지만 왼손을 덮어 치면서 정확성이 떨어지는 걸 방지했다. 만약 내가 그런 도전을 하지 않고 원래 하던 것을 계속 고집했다면 나아질 수 있었을까? 조금 좋아지기야 했겠지만 큰 변화는 없었을 거라고 장담한다.

이대호 선수도 내 타격감 회복에 영향을 미쳤다. 한 손을 놓고 치는 타격이 잘 되고는 있었는데 부족한 것이 보이고 만족스럽지가 않았다. 그때 일본에서 활약하고 있던 이대호 선수의 하이라이트 장면을 TV에서 보고 있는데 '참 쉽게 친다'라는 생각이 들었다. 그러다가 이대호의 타격 옆모습이 나와 유심히 살펴보았다. 타석에서 준비할 때 땅을 파는데, 하체가 무너지지 않고 중심 이동이 잘 이루어졌다. 원래부터 이대호 선수의 장점이었는데 그날따라 유난히 눈에 띄었다. 역시 절실하면 보이게 되어 있다. 그 후 손 놓는 것과 더

불어 하체를 고정하기 위해 땅을 파는 부분을 따라했는데, 결과가 좋았다.

모방은 창조의 어머니라고 했던가. 세상에 완전히 새로운 것은 없다. 누군가를 흉내 내는 것에서 멈추면 따라쟁이가 되는 것이겠지만 그것에 내 노력과 나의 장점을 더한다면 다른 누구의 것이 아닌 내 것이 된다.

생각도 바꿔야 한다. 신인 때부터 얽매였던 장타에 대한 부담을 털어낸 것도 내가 가진 장점을 객관적으로 보고 집중할 수 있는 계기가 됐다. 나는 안타 치는 것을 잘한다는 것을 깨달은 순간 또 많은 것을 바꿔야 했다. 장타와 힘을 키우는 것에만 집중하다 보니 나의 장점과 내 것이 없어지고 방향이 다른 것으로 흐르고 있었다. 바꾸되 제대로 보고 과정부터 다시 바르게 돌려놔야 했다. 그렇게 내가 나갈 방향을 정했으니 안타를 많이 치기 위해서 정확성을 높이는 데 노력했다.

2003년 프로야구 올스타전. 대전 한밭구장

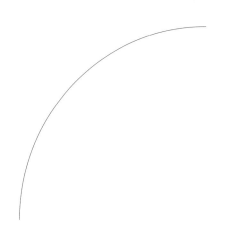

바꾸지 않고
지켜야 할 것

타격폼도 참 많이 바꾸고, 옷도 좋아해서 갈아입기 좋아하고, 경기장에서 쓰는 안경도 많이 바꿔 쓰기도 하지만 절대 바꾸지 않고 유지하는 것이 있다. 나의 루틴이 그것인데 아파도 힘들어도, 아니 그럴수록 평상시 루틴을 벗어나서는 안 된다. 경기 전에 이루어지는 나의 루틴은 전날 자기 전부터 시작된다. 경기를 마치고 집에 들어가 그날 나의 타격감이 좋았을 때는 집에 가서 다시 방망이를 잡고 경기 중 좋았던 감이 그대로 있는지 확인해본다. 그리고 우리 구단 측에서 준비해놓은 다음 경기에서 만날 선발투수의 직전 세 경기 등판 영상을 보면서 분석한다.

내가 원래 잘 아는 투수라면 왼손 타자들을 상대한 영상만 보고, 잘 모르는 투수라면 왼손, 오른손 타자와 겨룬 영상을 모두 시청한다. 만약 처음 만나게 되는 투수라면 1구부터 마지막 공까지 그 투수의 전체 투구 영상을 살펴본다. 투수의 표정이나 위기 관리 능력, 타자에 따른 공의 변화 등 얻을 수 있는 모든 정보를 얻고 싶었기 때문이다. 또한 선발투수가 마운드에서 내려온 이후 뒤이어 나올 만한 투수 중에서 왼손 타자를 상대할 좌완 원포인트 투수들의 투구 영상까지 본다. 좌완 원포인트 투수들의 경우 많은 공을 던지기보다는 1~2명, 길게는 3~4명의 좌타자들을 상대하는 것이 주된 역할이기 때문에 이들에 대한 대비도 해두어야 했다. 상대하기 까다롭거나 어려운 투수와의 맞대결을 앞두고 있을 때에는 다른 타자들은 그 투수를 상대로 어떻게 쳤는지 파악하기 위해서 이 투수와 붙어 잘 친 타자의 타격 영상을 시청했다. 그러한 것을 종합해서 하나의 그림이 완성됐을 때 비로소 준비가 잘된 것이다. 그다음에는 마음 청소를 시작한다. 또한 모든 부정적인 생각을 없애야 하고, 좋은 기분과 설레는 하루가 되게끔 해야 한다. 수단과 방법을 가리지 말고 빨리 내일이 와야 한다는 생각을 만들어야 한다. 이것이 타격 좋은 날 밤에 이루어지는 루틴이다.

안 좋은 날 루틴이 같을 수는 없기에 따로 준비해야 한다. 타격감이 좋지 않기 때문에 타격감을 끌어올리는 것이 목표다. 투수를 상대하는 그림과 함께 생각하면서 스스로 이미지 트레이닝을 했다. 정말 답답할 땐 휴대전화와 TV를 연결해 투수의 투구 영상을 보면서 방망이를 들고 실제로 타석에 선 것처럼 스윙을 휘두른 날도 많았다.

일반적으로 타격감이 좋지 않은 시기에는 머릿속으로 내가 원하는 대로 그림이 잘 안 그려진다. 그렇기 때문에 어떤 방법이든 이튿날 상대할 투수와 경기에 대한 정리가 끝나야 그제야 '프로야구 선수로서' 준비가 끝나는 것이다. 일반적으로 씻고 들어오면 거의 12시가 넘고, 자정이 넘고 나서 그때부터 다음 경기를 준비하는 과정에 돌입한다. 타격감이 좋을 땐 이 과정이 30분 만에 끝나기도 하는데 반대로 타격감이 좋지 않을 때는 투구 영상만 들여다보며 밤을 지새운다. 그런데 아무리 투수의 투구 영상을 들여다봐도 정리가 되지 않을 때도 있고, 정리가 돼도 느낌이 썩 좋지 않을 때가 있다.

　또 나이에 따라 루틴을 간소화시키기도 했다. 내가 정한 루틴을 소화하느라 스트레스를 받는 것도 에너지를 소모하는 일이었다. 다 줄여도 자기 전에 반드시 지키는 루틴은 있다. 다음 날 선발투수가 발표되면 방망이를 들고 그 투수를 상상하며 타이밍을 그리는 작업이다. '이렇게 타이밍을 맞추면 되겠어'라는 그림이 그려져야 잠을 잘 수 있었다. 투수를 상대로 내가 어떻게 대응해야 하는지 플랜이 없으면 잠이 안 와 새벽 6시 넘은 시간이 된 것을 보기도 하고, 어떤 때는 창문 밖이 환하게 동이 트는 것을 보기도 했다. 그럴 땐 어쩔 수 없이 황급하게 잠을 청하기는 했다.

2003년 단체훈련

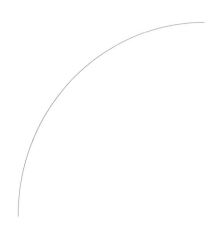

루틴의 시작은
마음부터

내 루틴의 대부분이 마음을 다스리고 정신과 관련된 것인데, 좋은 생각과 즐거운 마음으로 잠을 청하고 나서 아침에 일어났더니 그 상태가 아니거나 뭔가 마음에 들지 않는 날이 있었다. 혹은 텐션이 너무 낮거나 높다고 느끼는 날도 있었다. 텐션이 너무 가라앉는 날에는 일부러 텐션을 올리기 위해 다가가기 편한 선수들과 말도 많이 했고, 정반대로 텐션이 정점에 달한 날이면 경기장에 출근하고 나서도 최대한 이야기를 하지 않고 멀리 떨어져 앉아서 혼자 있는 시간을 가지곤 했다.

그리고 마음에 찌꺼기가 많다고 생각될 때는 마음 청소법에 대한 책을 읽으며 실천하는 방법을 썼다. 내 마음이 집이라고 생각해본다. 쓰레기를 내다 버리고 청소기를 돌리고 어질러진 물건을 제자리에 돌려놓으면 후련하고, 방도 깨끗해지듯 내 마음도 후련해졌다. 안좋은 기억이 괴롭힐 때는 그 생각에 사로잡혀 좋은 생각이 들어오지 못한다. 그럴 때는 뒤로 한 발 물러서서 나를 돌아보기도 하고, 다른 것에 관심을 돌려보기도 한다. 어떨 때는 대청소를 하듯 영화를 보며 울기도 한다. 울고 나면 마음이 깨끗하게 청소되는 기분이 들기도 한다. 기쁘거나 슬프거나 내 감정을 억눌러 참지 않는다. 절제하고 인내해야 할 것이 얼마나 많은데 눈물까지 참아야 하는가.

내게는 자동 눈물 리모컨이 있다. 〈국제시장〉 영화인데 끝까지 보다 보면 볼 때마다 어김없이 울고 있다. 마지막에 덕수황정민 분가 힘든 삶을 지나 자식들을 다 키우고 방에 들어가 아버지 사진을 들고 하는 대사가 내 가슴을 후벼판다.

"아버지 내 약속 잘 지켰지예, 이만하면 내 잘 살았지예. 근데 내 진짜 힘들었거든예."

나도 이만하면 잘하고 있고, 야구선수 하기 전에 만류하시던 부모님 걱정을 덜어드릴 만큼 열심히 해왔고, 잘 살아왔다는 마음속 이야기를 대신해주는 것 같았다. 진짜 하고 싶던 말, 여기까지 오는 게 너무 힘들었다는 말을 고난의 강을 다 건너 온 덕수가 세월의 주름 자글자글한 얼굴로 말하는데 안 울 수가 있을까.

2013년 웨이트트레이닝중

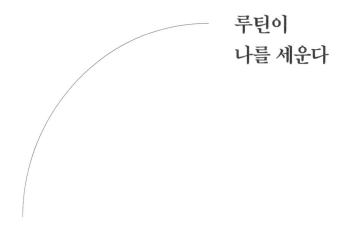

루틴이
나를 세운다

나는 그 전날 안타를 쳤던 날 침대에서 왼발부터 내려왔다면 다음날
도 침대에서 내려올 때 왼발부터 내렸다. 콧수염을 기르거나 깎는
것도 단지 기분이나 멋 때문만은 아니다. 징크스와는 다르다. 수염
을 길렀을 때 타격감이 좋았다면 딱 그 모습과 습관에서 변화를 주
지 않으려고 하는 것뿐이다. 모든 것을 좋은 기억으로 채우고자 하
는 안정감에서 오는 행동일 뿐 다른 뜻은 없다.

　홈경기가 오후 6시30분에 시작되는 날에는 오전 11시에 일어난
다. 식사를 하고 오후 1시쯤 잠실야구장에 도착해 웨이트트레이닝
을 한다. 훈련 스케줄에 웨이트 트레이닝이 없는 날이면 대신 마사
지를 받는다. 경기가 시작되기까지 1시간 30분 전, 30분 동안 쪽잠
을 청하는 것도 루틴의 일부였다. 평일에 오후 6시 30분 경기라고

하면, 오후 5시쯤 자기 전에 준비한 것들을 스스로 체크한다. 그 이후 텐션을 적절하게 조절했는지 확인하는 게 마무리되면 오후 5시 30분에 알람을 맞춰 놓고 잠시나마 눈을 붙였다. 잠이 오지 않더라도 눈을 감고 있으면 피로가 풀리고 경기 때 집중력이 좋아지니까 이것은 무슨 일이 있더라도 지켜왔다.

나는 프로야구 선수 중 가장 인터뷰에 잘 응하는 편이긴 하지만 경기 전에는 특별한 경우를 제외하고는 인터뷰를 하지 않았다. 경기 준비와 루틴 시간이 정해져 있어서 항상 양해를 구하고 지켜 나갔다. 대신 경기가 끝나면 결과와 상관없이 어떤 인터뷰건 성실히 임하려고 애썼다.

2년간 LG 트윈스 신인 선수들을 대상으로 한 오리엔테이션에서 강의를 진행하기도 했다. 후배들에게 미디어나 팬을 대하는 자세나 야구를 하는 데 있어서 어떤 준비를 했고 어떻게 살았는지를 들려주며 신인 선수들이 자신의 미래를 그리게 하는 시간을 갖게 하는데, 그중에서도 가장 많이 했던 이야기는 "구체적인 목표를 세우고, 세웠다면 아주 구체적인 계획을 세우고, 그것이 준비되었다면 그것을 지속적으로 실행하라"는 것이었다. 그렇게 하면서 자신만의 루틴과 생활이 정해진다. 누군가는 나를 보고 참 숨 막히게 어떻게 분 단위로 나눠서 그 오랜 시간을 지내올 수 있었느냐고 묻기도 하지만 나에게는 그게 맞았고, 지금의 나를 만들어준 힘이라고 믿는다. 참 습관이 무섭다고 은퇴를 한 지금도 하루의 계획과 약속을 쭉 쓰고 그대로 움직여야 안정감을 찾고, 아무것도 안 하고 쉬는 것은 도저히 견딜 수가 없다. 하지만 이게 내 천성인 걸 어쩌랴. 이대로 살 수밖에.

2008년 1월 7일 LG선수단 신년 단체사진(앞에서 3행 우측 10번째)

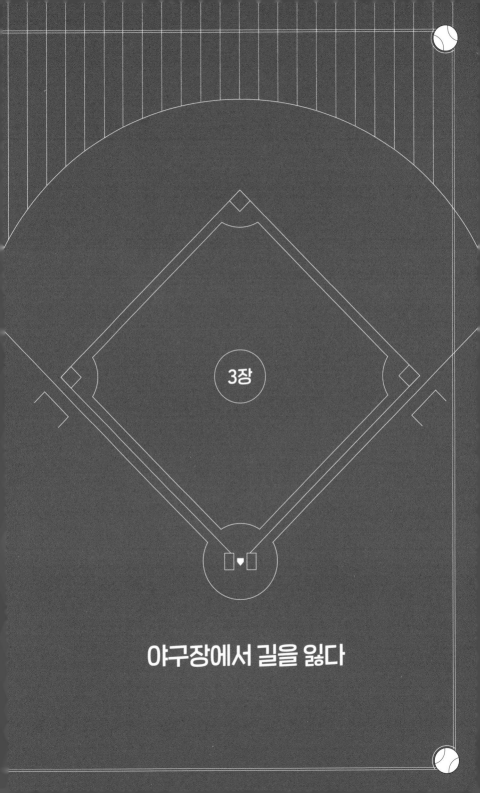

3장

야구장에서 길을 잃다

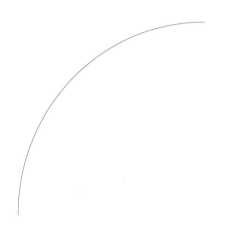

계획에 없던
도루왕

프로 1년 차 때는 높은 프로야구 선배들의 벽을 느끼면서 내가 과연 잘 칠 수 있을지 등등 모든 게 스스로 물음표가 있었는데 그래도 잘했기에 시즌 끝나고 자신감이 붙었다. 그래서 2년차를 준비하면서 3할 타율에 20-20 정도는 충분히 가능할 것 같아 훈련도 늘리고 몸도 키운다고 하면서 비시즌에 열심히 집중했다.

하지만 계획대로 되지 않았고, 흔히 말하는 2년차 징크스가 찾아왔다. 지금도 신인 후배들까지 '2년차 징크스'를 말하는데 그것에 너무 갇히지 않길 바란다. 투수들이나 상대팀에서 1년차 신인 선수 파악하는데 시간이 걸릴 뿐이고, 2년차가 되면 상대 분석도 끝나고, 투수들도 적응이 되는 시기다 보니 좋은 성적내기가 어려운 과도기가 찾아올 뿐이다. 그런데 선수들은 2년차가 되면 '잘하던 선배들도

2년차 징크스를 극복하지 못했으니 나도 그럴 거야'라는 생각에 자신감 없이 타석에 나서기 쉽다. 그러니 시작부터 지고 들어가는 것이다.

다시 도루에 대해 이야기하자면 2002년에 20개인 도루가 2003년에는 42개의 도루로 그 부문에서 2위를 차지했는데, 시즌 초반 독보적으로 1위를 지키던 상황이었다. 내가 그 정도로 도루할 수 있다는 생각을 안 해 봤는데, 타격에서 불안감을 보이니 주루 플레이에 더 많이 신경을 썼던 것 같다. 치고 나가면 반드시 살아서 돌아오리란 각오로 루를 밟았다. 그때 타격으로는 많은 것을 해 보면서 실패를 겪었지만, 도루를 잘 할 수 있는 선수라는 자신감을 얻은 시즌이기도 하다.

고등학교 때까지는 누구보다 빠른 발을 갖고 있어서 치고 달리는 것, 도루에 있어서도 누구보다 자신이 있었다. LG에 우선 지명을 받을 때만 해도 수비와 주루만큼은 당장 프로에 가더라도 가장 잘 할 수 있다는 자신감을 가지고 있었다. 그러나 대학교 입학 이후 어깨 통증이 살짝 찾아오기도 해서 어깨 힘을 키우는데 노력했고, 그러면서 타구 비거리가 늘었다. 자연스럽게 도루를 4~50개씩 하지 않는 대신에 '나는 호타준족형 타자, 20-20을 하는 타자다'라는 생각을 하게 됐다.

어려움을 도루로 극복하며 자신감을 되찾아 가고 있었다. 전반기가 끝나면서 이종범 선배가 추격하기 시작했고, 결국 이종범 선배와 출루율에서 차이가 나면서 타이틀을 내주기는 했지만 무려 42번이나 베이스를 훔쳤다.

약속은 반드시 지키려고 노력해야 하지만, 계획은 언제든 수정될 수 있고, 되어야만 한다. 내 위치나 환경, 상태를 잘 살피고 그것이 잘못된 선택이었다면 수정해서 더 나은 방향으로 나아가야 한다. 홈런과 안타 개수가 생각만큼 안 나올 때, 불안했고, 실망했지만 주저앉아 있을 수는 없었다. 난 기회를 최대한 살려 발로 뛰는 야구로 노선을 갈아탔다.

하지만 변수는 끊임없이 툭툭 튀어나왔다. 내가 마음 속에 너무 행복한 일이 생기거나, 자신감이 차오를 때 불안함을 느끼는 증세가 이때 본격적으로 생긴 것일 수도 있겠다. 2004년, 갑자기 족저근막염이 찾아온 것이다. 3년차에는 방망이에 뭔가 눈을 뜨는 것 같으면서도 전반기에만 10개 이상의 홈런을 기록하며 페이스가 괜찮았다고 생각했다. 그해 여름에 열린 올스타전 홈런레이스에 출장해서도 1위를 차지하는 등 계속 타격감이 오르는 것 같았는데, 후반기 시작 이후 얼마 지나지 않아 발을 딛지 못할 정도로 극심한 통증이 찾아왔다. 그게 바로 족저근막염이었다. 처음에는 대타로라도 나섰지만, 걸을 수 없는 정도가 되면서 일찌감치 시즌을 마감해야 했다. 바로 깁스를 해서 아예 발바닥의 움직임을 최소화하도록 했고, 재활군에서 몸을 만들며 조금 일찍 2005시즌 준비에 돌입했다.

2008년에 극도로 힘든 시간을 보냈더니 2009년 보상처럼 타격왕이 되었고, 타격왕의 기쁨도 누리기 전에 오해를 받아 '졸렬택'이라는 별명을 얻었다. 그리고 그런 시간을 진심으로 사과하고, 반성하고, 발전된 모습을 보이니 다시 좋은 결과로 이어지고 원하는 시기에 은퇴도 할 수 있었다.

다행스럽게도 족저근막염이 다 낫고 나서 그 이후에는 발바닥 때문에 고생한 적이 한 번도 없었다. 원래 족저근막염 특성상 재발 확률이 높은 것으로 알려져 있는데, 시즌을 빨리 끝내고 나서 긴 시간 동안 쉰 것이 부상 이후 긴 시간 동안 발바닥으로 고생하지 않을 수 있었던 이유라고 본다.

이 또한 지나가리라…라는 말이 진리라는 생각을 한다. 끝날 것 같지 않은 고통도, 영원히 계속되었으면 좋겠다는 기쁨의 순간도 끝난다. 그러니까 너무 기뻐하지도 너무 오래 슬퍼하지도 말았으면 좋겠다. 그리고 그 모든 순간들이 의미없는 시간은 없었다. 아픈 것만큼 성숙했고, 기쁜 만큼 보람을 느껴 목표를 높게 잡아 성장할 수 있었다.

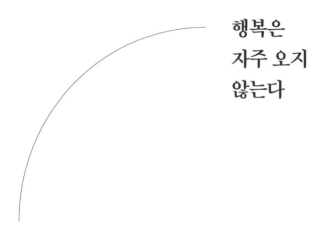

행복은
자주 오지
않는다

"꽃길만 걸으셨잖아요, 운이 참 좋으셨죠. 나쁜 일은 안 겪어 보셔서 약한 사람 마음을 모르실 것 같아요." 날 모르는 사람들이 그런 말을 할 때면 겉으로는 웃지만 돌아서면 마음이 참 아프다. 물론 누구나 손 밑 가시가 가장 아픈 법이라고 하지만 나도 크고 작은 부상을 당했고, 어떤 노력을 해도 내 마음대로 배트가 움직여주지 않은 시간을 길게 지나왔다. 무엇보다 가장 소중한 팬들한테 욕을 먹고, 외면받아야 했던 시간도 있었다. 가장 힘들고 어려웠던 것은 야구를 시작하고 지금까지 즐거웠고 재미있던 적이 한 번도 없었다는 것이다.

물론 야구할 때 이게 행복인가 싶은 적은 있었다. 매일 불행하고 우울했다면 오래전에 그만두었을 것이다. 2천 경기를 넘게 뛰었는데 그중 몇 게임이 나를 울리기도 하고 웃게도 했다. 그것이 나를 건

디게 해주었던 것 같다.

그중에서도 가장 기억에 남는 건 2013년 10월 5일, 두산 베어스와의 정규시즌 최종전이었다. 가을 야구 포스트시즌을 11년 만에 나가게 되기도 했고, 이날 경기 승리로 정규시즌 2위를 확정지었다. 2012년 김기태 감독님이 오시며 그전까지와 다르게 선배들을 인정하고 포용해주는 리더십으로 팀에는 긍정적인 분위기가 살아났고 9번 이병규 형을 비롯해 베테랑 4인방이 정말 잘 친 시즌이었다.

그 날, 봉중근 선수가 마지막 공을 던지고 타구를 외야에서 양영동 선수가 잡으면서 경기가 끝나는 순간, 덕아웃에 있던 김기태 감독이 돌아서면서 서로 얼싸안았는데 아직도 그 순간을 떠올리면 가슴 저 밑바닥부터 여러 복잡한 감정들이 물밀듯이 치고 올라왔다. 경기가 끝나고 나서 자리를 뜨지 않는 팬들을 보며 한 시간 넘게 펑펑 눈물을 쏟기까지 했다.

당시에는 여러 감정이 복잡하게 섞여 있었다. 입단 초기에는 또 한 명의 이병규가 나왔다는 이야기를 들으며 스포트라이트를 받다가, 해를 거듭할수록 올라가기보다는 오히려 2007년부터 2008년까지 점점 어려운 시간을 보내며 내 쪽에 켜져 있던 불빛들이 다 꺼지고 어둠 속에서 헤매는데 내게 용기를 주고 어둠 밖으로 나오라고 손짓하는 사람은 없고 하나같이 욕을 해대는 기분이었다. 사람들이 내게 왜 그러는지, 내가 대체 뭘 잘못했는지 이해할 수 없었던 시기였고, 한편으로는 내가 이 정도밖에 안 된다는 생각에 스스로 참 못

났다고 생각한 때이기도 했다.

팬들의 마음이 되어 돌아보면 1990년대 우승 2번을 포함해 꾸준히 포스트시즌에 갈 정도로 최고의 팀이었던 LG 트윈스가 성적이 바닥으로 깔리며 가을야구에 계속 못 나가는 팀이 된 게 창단 이후 처음이었다. 10년 가까이 한 번도 올라가지 못하니 답답함이 극에 달았던 것이다. 사랑의 반대말이 미움이 아니라 무관심이라 했던가. 팬들은 사랑의 다른 표현으로 원망하고 미워하고 쓴소리를 했고 누군가가 비난의 화살을 맞아야 했다. 버팀목이 될 선수가 이런저런 이유로 은퇴하거나 이적하면서 남아 있는 사람이 없었다. 병규형까지 일본 진출을 택하면서, 당시 팀 내에서 팬들이 욕받이로 쓸 사람은 오로지 나밖에 없었으니 욕먹는 게 당연할 수도 있었는데 나도 어렸고, 그때는 너무 힘들어서 팬들의 마음까지 살피지 못했다. 난 열심히 할 뿐인데 왜 나를 미워하느냐는 원망이 차곡차곡 쌓여갔다.

그런 감정들로 꽉 차 있는 차에 2010년 시즌에 접어들면서 나를 '한물간 아저씨' 취급까지 하니 좌절하기 시작했다. 그러다 2012년 김기태 감독이 부임하면서 야구장이라는 공간이 전쟁터가 아니라 우리의 일터, 꿈터, 놀이터가 될 수도 있다는 생각이 들었다. 그 기대가 이듬해 좋은 성적으로 이어지면서 당시 정말 얼마나 울었는지 모른다.

경기가 끝나고도 아침에 일어나면 화장실에 가 휴대폰으로 그 장면을 보면서 눈물을 흘리는 게 한참 동안 하루 일과의 시작이 되었다. 처음에는 화장실에서 우는 소리가 나니까 놀라서 뛰어오던 아내는 내가 몇 년이 지나도 그러고 있으니 '그만 좀 하라'며 말리기 시작했다. 난 '10년이 지나도 눈물이 나온다'고 말한다. 다른 사람들이 보면 이해하기 어렵겠지만 내게는 오랜 가뭄 끝에 찾아온 단비였고, 쪽쪽 갈라진 몸과 마음에 생명수가 채워지는 느낌이었으니 어떻게 쉽게 눈물이 멈출 수 있을까? 11년 만에 팀이 포스트시즌을 간 것만큼이나 개인 기록에 있어서 한국 야구 역사에 한 페이지를 장식한, KBO리그 개인 통산 최다안타 기록을 경신한 2018년 6월 23일 롯데 자이언츠전도 역시 잊을 수 없는 경기다. 프로 통산 2318번째 안타에 이어 2319번째 안타까지 기록하면서 KBO리그 통산 최다안타 부문 1위에 등극하는 순간을 맞이했다.

지금 돌이켜 생각해보니 감동의 순간이 매일 계속되었다면 소중한 줄도 몰랐을 것이고, 모든 게 당연한 듯 감사를 모르는 사막 같은 마음으로 바짝 말라갔을 수도 있다. 고통의 크기에 비례해서 다음에 찾아오는 행복의 만족도도 크게 느껴진다.

나는 자주 "인생 뭐 있어? 다 똑같아!"라고 말한다. 그래도 나이를 먹다 보니 인생을 사는 작은 기술 하나를 배운 게 있다. 정도의 차이는 있지만 누구나 다 힘들고 누구나 다 아프다. 예전엔 나도 이런 생각을 못했다. 문제가 생기면 그것을 풀려고 노력하기보다 문제가 2개면, 3개, 4개, 5개를 더 만드는 유형이었다. 생각이 복잡하고 예민하고 부정적인 사람이었다. 지금에야 돌이켜 보면 '그때 난 그냥 애였구나' 하는 생각밖에 들지 않는다.

  인생 자체가 등산가의 삶 아닐까? 굽이굽이 어려운 시간이 지나고 잠깐 행복한 순간이 와도 또 어려움은 찾아온다. 신이 아닌 이상 그 여정을 멈출 수 없다. 차라리 그럴 바엔 "왜 나만 힘들지?"라고 투덜대며 고통을 거부하는 것이 아니라 받아들이고 버티는 게 낫다는 것을 알았다. 마음에도 근육이 붙고 굳은살이 생겨 점점 무뎌진다. 그리고 분명한 건 그러는 사이 나를 괴롭히는 어려운 시간은 지나간다.

2009년 9월 10일 통산 1,000안타 달성. 대구구장

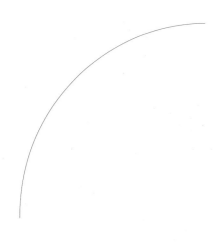

혼자 다
해결할 수는
없다

아무리 노력하고 훈련해도 해결책을 도저히 찾을 수 없을 때가 있고, 문제 자체가 무엇인지 안 보일 때도 있다. 그럴 때는 혼자 끙끙 앓기만 해서는 안 된다. 아프면 전문의를 찾듯이 주변에 도움받을 사람들을 찾아내야 한다. 분명히 그 역할을 할 사람이 아주 가까이에 있다.

처음 나를 힘들게 했던 일은 대학 3학년 때 배트가 알루미늄에서 나무로 바뀐 것이었다. 지금까지 치던 배트가 바뀌니 많은 것을 새롭게 연습할 수밖에 없었다. 알루미늄 배트는 반발력이 크다 보니, 홈런이나 장타가 너무 많이 나오는 문제가 있어 결국 미국에서 나무 배트만 사용하도록 규정이 변경되었고 한국 대학 야구도 2000년부터, 고교 야구는 2004년 봉황대기 전국 고교 야구대회부터 나무배트를 사용하게 되었다.

김광림 코치님의 도움으로 함께 죽어라 훈련했다. 특히 왼손타자인 내가 3루수와 유격수 사이로 타구를 밀어치는 방법을 터득했다. 그 뒤에는 2002년 LG 입단 후엔 김성근 감독님의 도움을 많이 받았다. '특타 훈련'에 빠짐없이 참여해서 자정 넘어서도 방망이를 휘두르다 뻗는 게 일상이었다. 그리고 이어 김용달 코치님과는 많은 논쟁을 벌이며 폼을 바꾸기도 하고 그 바람에 성적이 더 떨어지기도 했다. 2년 동안 정말 계속 부딪혔다. 3년째 될 때 김용달 코치님이 "용택아, 이제 네 편한대로 해봐"라고 하셔서 그대로 했는데 정말 성적이 놀랍게 수직 상승했다. 내 고집대로 해서 된 것이 아니라 2년 동안 코치님의 가르침이 내 것으로 몸에 익은 것이다. 그때부터 코치님의 말씀을 전적으로 믿고 따랐다.

2010 시즌을 앞두고 서용빈 코치가 LG에 오면서 1군 타격코치가 바뀌었다. 내가 생각하는 것과 서용빈 코치의 생각이 조금 엇갈리면서 내가 원했던 방향과는 반대로 갔고, 실제로 시즌 개막 이후 3개월 동안 150타수 정도 칠 때까지 타율이 2할도 채 되지 않았다. 어떤 한 장면만 놓고 봤을 때 타격이 좋고 나쁜 것은 야구 관계자라면 다 아는 것이지만, 어떠한 과정을 거쳤을 때 모두 좋고 나쁜 것인지는 보는 관점에 따라 모두 다르게 보인다. 그때의 상황은 좋은 타격이 나오지 않는 가운데서 당시 타격코치가 원하는 과정과 내가 원하는 과정이 달랐다는 점에서 고민이었다. 누가 틀렸다기보다는 생각은 비

숫한데, 서로 생각하는 과정이 달라서 힘들었다. 이러나 저러나 성적이 안 나오자 자연스럽게 팬들 사이에서는 전년도 타격왕이 운으로 된 것이라는 이야기가 많아졌다. 또 한번, 내게 너무나 힘든 시기가 찾아온 것이었다.

도저히 안 되겠다는 마음으로 김용달 코치님께 연락을 드렸고 약속을 잡아 이튿날 바로 식당에서 만나서 회를 먹으며 전력분석팀에서 제공한 세 달간 내가 쳤던 영상을 노트북으로 확인했다. 이걸 본 김용달 코치는 화면을 보다가 "회가 입에 들어가고, 밥 먹을 시간이 있냐"고 나를 다그쳤다. 내 타격 영상을 보고 코치님 눈에 문제가 보이는지 여쭤보니까, 보인다는 답변이 돌아왔다. 그러시더니 코치님이 한 장씩 휴지를 뽑아 야구공처럼 동그랗게 말아 총 20개 정도의 '휴지 공'을 만드셨다.

식사를 마치고 숨 돌릴 틈도 없이 서두르시는 코치님을 따라 나와 차 트렁크에서 배트를 꺼내 양재천 근처 공원으로 향했다. 아까 휴지로 만든 공 20개를 들고 가로등 불빛이 좀 약한 곳으로 향했다. 불빛이 아예 없으면 휴지 공을 볼 수 없기에 희미한 가로등 구석으로 갔다. 코치님은 그 20개의 공을 가지고 내 앞에서 계속 토스해주었고, 그렇게 두 시간 동안 휴지 공을 가지고 열심히 배트를 휘둘렀다. 배팅 장갑이 없어 손이 다 찢어지긴 했지만, 아픈 줄도 모르고 계속 배트를 휘두르다 보니 느낌이 조금씩 왔다.

휴지 공 연습을 마치고 다음 날 경기장에 출근해 전날의 느낌을 유지한 채 특타에 나섰는데, 옆에서 지켜보던 서용빈 코치는 "하루 만에 뭘 먹고 달라진 거야?"라며 파워가 완전히 다르다고 칭찬을 아끼지 않았다. 코치님이 내 연습 타격을 보고 나서 판단한 부분이 내가 그린 그림과 일치했기 때문에 난 거기서 확신이 들었던 것 같다. 놀랍게도 그 이후 세 달 동안 4할에 가까운 타율을 기록했고, 결과적으로 시즌 최종 타율도 3할을 넘길 수 있었다.

이듬해에도 힘든 시기가 찾아왔을 때 김용달 코치를 찾았는데, 그 땐 김용달 코치가 "용택아, 내가 모니터링 해줄게. 게임 끝나면 매일 나한테 전화해. 오늘같이 전화하지 말고 날 필요로 하면 어디든 갈 테니까 언제든 전화해"라고 말했다. 그 이후 일주일 정도 매일 코치님에게 전화해서 타석마다 어땠는지 조언을 구했고, 괜찮은 날에도 부족한 부분을 보완해 나갔다. 그렇게 안타를 차곡차곡 쌓아갔고, 그렇게 철저하게 준비하고 자신감이 생겼을 때 비로소 혼자 훈련하기로 했다.

의사 선생님도 아플 수 있고, 학교 선생님도 모르는 게 있듯이 프로야구 선수라고 하더라도 야구가 어렵고 안 풀릴 때가 있다. 그리고 야구의 기술 뿐 아니라 멘탈 문제가 있을 때는 한덕현 멘탈 팀 닥터를 찾기도 했다. 외국에서는 야구 선수의 멘탈도 중요하게 여겨 오래전부터 도입되어 활성화되어 있는데 우리 팀에도 좋은 교수님이 오셔서 전문가와 상담을 하면 감독님과 코치님께서 해주실 수 없는 솔루션으로 정서적인 안정감을 찾을 수 있었다.

사랑하는 가족들이 주는 힘과 편안함도 무시할 수 없다. 혼자 여기까지 올 수 없었다. 내가 혼자 해결이 안 될 때는 분명 손을 내밀어야 한다. 부끄러운 것이 아니다. 아마 안타깝게 바라보고 있다가 손 내밀어주길 기다리고 있는 사람이 우리 곁에 언제나 있을 것이다.

2016 시즌

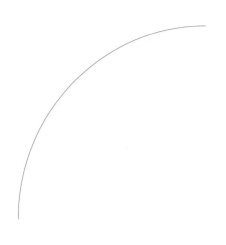

죽고 싶다고
말하는 건

어느 날인가 무심결에 내 입에서 나온 말을 듣고 놀랄 때가 있었다. 몸도 마음도 바닥에 쭉 깔려 일어날 수도 없다고 생각될 그때 밖으로 "아~ 죽고 싶다"라는 말을 하고 있었다.

생각해보니 한참 전부터 죽고 싶다는 말을 여러 번 하고 있었는데 심각하게 생각하지 않았고 의식하지 못했던 것이다.

야구를 그만두고 싶다는 것도 아니고, 도망갈 생각을 한 것도 아니고, 왜 죽고 싶다고 말하고 있었을까?

절대 여기서 그냥 그만둘 수는 없었다. 아버지에게 물려받은 유전자 때문이었을까? 만약 야구를 그만둘 만큼 다치거나 큰 병에 걸린다면 모르겠지만 내 사전에 중도 포기는 없었다.

힘들어도 재미없어도 야구만큼 좋아하는 일, 야구만큼 오래오래

해도 지겹지 않은 일은 없었다. 그냥 야구는 내 운명이었다. 그러니 남들은 힘들면 '다 때려치우고 다른 일 찾아볼까? 혹은 아무도 모르는 데로 도망갈까?' 생각할 때도 있다는데 나는 야구 안 하는 박용택을 단 한 번도 생각해보지 않았다.

내가 야구를 그만둔다는 건 운명을 거슬러야 가능한 것이었기에 "죽고 싶다"는 말로 답답함을 표현했던 것 같다. 부모님이나 가족들이 들었으면 가슴 철렁할 일이겠지만 다른 말로 표현할 수 없을 만큼 그냥 힘들 때가 많았다.

노력이라면 누구에게 질 자신 없을 만큼 열심히 했고, 밤잠을 늘 설쳐가면서까지 야구를 공부했고, 더 나아지려고 끊임없이 연구했다. 훈련량도 비교 대상을 찾기 어려울 만큼 많았고, 상대 팀 분석도 더는 방법을 찾지 못할 때까지 꼼꼼하게 챙겼다.

그런데 누가 배트를 붙잡고 있는 것처럼 내 마음대로 움직이지 않을 때가 있었고, 말 한마디가 내 의도와는 상관없이 오해를 불러오기도 했다. 사람과의 관계도 생각한 대로 되지 않을 때가 많았다.

나보고 어떻게 더 하라는 건지 모르겠고, 누군가가 벼랑으로 나를 몰아가는 것 같은데 누구를 원망해야 할지 모르겠으니 죽음이란 단어를 떠올렸던 것 같다. 물론 말은 그렇게 했지만 시도해보거나 구체적인 방법을 생각해본 적은 한 번도 없다.

내게 '죽고 싶다'라는 말은 나 죽을 만큼 이렇게 열심히 했는데 왜 안 되느냐는 한숨이었고, 내 힘으로는 도저히 안 되니 다시 태어나야 하나는 절규였다. 바닥을 쳤을 때 내가 별 짓을 다해도 어쩔 수 없다는 내 한계를 인정하는 말이기도 했다.

힘들 때는 그 상황보다 자꾸 잡념이 히트바이피치드볼처럼 몸과 마음을 사정없이 공격해 와서 더 아프다. 지난 타석에 대한 생각을 다 버리고 단순하게 들어섰더라면 어땠을까? 조금 더 발이 빨랐더라면 좋았을 텐데… 체격 조건이 더 좋았더라면 이보다 장타를 때릴 수 있었을 텐데.

이런 생각은 아무 소용 없다는 것을 잘 알면서도 마음의 문이 조금이라도 헐거워지면 칼바람이나 세균처럼 주저없이 쳐들어와서 구석구석 두드려 팬다.

생각 때문에 괴로울 때는 혼자 고민하지 않고 팀 멘탈 닥터를 찾아가 솔직하게 이야기했다. 그것이 야구를 오래 할 수 있는 내 장점 중 하나이다. 야구가 안 될 때는 혼자 끙끙 앓지 않고 멘탈 닥터 뿐 아니라 나를 도울 수 있는 코치님, 의사 선생님, 스승님, 선배를 찾아야 한다. 물론 내 몫인 최선의 노력은 다해야 하지만 해도 해도 안 될 때는 버티기만 해선 안 된다. 분명 해답은 내 마음속에 있을 때가 많지만, 안개나 먼지가 잔뜩 앞을 다 가려 한 치 앞도 안 보일 때가 분명 있다. 그때는 그 한 겹을 거둬내도록 도와주는 자동차 와이퍼 역할을 할 누군가가 필요하다.

누군가의 도움을 받는다는 건 나약하거나 못난 것이 아니다. 아무리 수십 년 운전을 한 베스트 드라이버라 하더라도 안전 운전을 도울 보조장치가 필요하고, 햇빛이 눈부실 때는 선글라스를 써야 하며, 고장 나면 자동차 정비사의 도움을 받아야 하듯이, 야구 선수도 마찬가지다. 내 주변에 날 도울 수 있는 사람과 전문가나 환경이 있다면 충분히 활용해야 한다.

'내가 누군데 도움받으면 무시하지 않을까, 나에게 이런 고민이 있다고 소문내면 어쩌지?' 이런 생각 자체가 어리석은 것이다.

오늘 누군가에게 도움을 받았다고 약자가 아니다. 상대는 다 알면서도 내가 먼저 손을 내밀고 찾아오길 애타게 기다리던 적이 많았다. 그럴 때 내가 찾아가면 진심으로 기뻐하고 마음을 다해 도우려고 애썼다.

벌어지지 않은 일을 걱정하지 말고, 내가 하는 고민을 도와줄 사람이 누군지를 생각하는 게 우선 과제다.

친구가 이런 말을 했다. 요즘은 대출도 능력이고, '빚테크'라는 말이 있다고. 물질적으로 빌리는 것뿐 아니라 내 고민을 덜어주고 채워줄 사람에게 도움받는 것도 능력이다. 언제나 받기만 한다면 문제가 되지만, 이것을 빚이라 생각하고 도움받은 것을 기억하고 고마워하며 그가 내게 도움을 원할 때 나도 마음을 다해 도와준다면 되는 것이다. 도움을 준 그에게만 빚을 갚는 것이 아니라 후배든 동료든 다른 사람들이 내미는 손을 잡아주는 것도 빚을 갚는 것이라 믿는다.

2013년 10월 3일 LG 홈 마지막 경기를 마치고

2008년, 박용택을 구하라

내 기사를 찾아보면 언제나 빠지지 않는 말이 있다. 2008년을 빼고는 대부분 성적이 좋았다는 말이다. 맞다. 2008년은 내게 블랙홀 같은 시간이었다. 시즌 끝까지 부상이 따라다녔고 이겨낼 수가 없었다. 노력으로 이겨내려 하면 누군가 또 잡아 끌어내리는 것처럼 내가 할 수 있는 것이 아무것도 없었다. 그때 딸이 태어나고 돌 즈음이었다. 가장으로서 책임은 더해지는데 부진에서 빠져나오지 못하니 그때 처음으로 좌절감을 느꼈다. 처음으로 2군으로 내려가 보기도 했다. 성적이 바닥인 것보다 더 큰 문제는 FA 영입 선수들이 들어오면서 '내 자리'가 위협받는 것이었다. 그때 장모님 앞에서 평평 울었다. 의젓하게 집안을 잘 꾸려가던 사위가 힘들다고 평평 울고 있으니 많이 답답하셨을 것이다. 그런데 장모님은 정말 다 받아주셨다.

지금까지도 오시면 당신 딸보다 나와 더 이야기를 나누시고, 어디 갈 때도 나와 함께 가기를 원하신다. 그때 다른 말씀 없으시고 '괜찮다'고 토닥여주시던 그 따스한 손길을 잊을 수가 없다. 장남이기에 집에서는 늘 듬직한 모습을 보여야 하고, 걱정시켜 드리기 싫었는데 장모님 앞에서는 응석을 부리고 싶었던 모양이다. 그때 그렇게 울고 나니 마음이 조금 시원해졌다.

당시 처음으로 좌절감을 느꼈던 것 같다. 정말 기를 쓰고 이겨내 보려고 했는데, 시즌 끝날 때까지 부상이 있었고 이겨내지 못했다. 하필이면 2008년은 베이징올림픽이 열리던 해였다. 최악의 부진으로 올림픽에 함께하지도 못하고 자존심이 상해 TV도 보지 못했다. 그 뜨거운 여름, 대한민국은 온통 베이징올림픽 야구 금메달로 흥분해 있을 때였다. 올림픽 브레이크 때도 열심히 훈련했지만 여전히 타격의 길을 잃고 헤매고 있었다.

올림픽이 끝나고 리그가 재개됐다. 8월 어느 여름날, 김용달 코치님이 야간경기 후 나를 이끌고 잠실구장 실내훈련장으로 향했다. 그러고는 노란색 플라스틱 박스에 담긴 공을 계속 올려줬다. 이삼백 개 담긴 공 한 박스가 다 비워졌다. 코치님은 그만 하자고 돌아섰는데 내가 소리쳤다. "한 박스 더 치겠습니다."

내일 경기가 있어서 코치님은 걱정했지만 나는 계속 우겼다. 10박스쯤 쳤을까. 말이 열 박스지 2500개에서 3000개의 공을 쳤다는 의미다. 시계는 어느덧 새벽 3시를 가리키고 있었다. 몸이 부서져라 공을 쳐냈다. 내가 이기나 야구가 이기나 한번 붙어보고 싶었다. 지금 생각하면 성장통이었던 것 같다. 김용달 코치님과 이론을 놓고 충돌한 그 시간이 없었다면 진짜 지금의 박용택이 있었을까? 고맙고 또 고마운 분이다.

그 시간을 아내도 같이 견디고 있었다는 것을 얼마 전에 알았다. 내 아내는 지금도 야구 선수를 잘 모른다. 야구에 별로 관심이 없다. 얼마 전, TV를 보다가 베이징올림픽 야구 결승전 재방송이 나왔다. 경기를 시청하다 보면 해설이 들리는데, KBS면 이용철 선배구나 싶었다. 그런데 왜 이렇게 소리를 지르나 싶었다. 그때 아내도 부엌에서 일하다가 크게 소리를 쳤다.

"어우, 언제 했던 경기인데 누가 그렇게 소리만 질러?" 솔직히 그때도 아내가 야구에 되게 관심없는 척하면서 저런 걸 아는구나 싶었다. 그러고 나서 며칠 지나서 자기 전에 TV를 보다가 똑같이 재방송이 나오는 것을 보게 됐다. "여보, 저 날 결승전 날 기억 나?" 난 그날의 기억을 아내에게 물었고 아내는 "그럼, 기억하고말고"라고 의외의 답을 하는 것이었다.

"우리 가로수길에서 데이트 했잖아. 그날 아마 커피 스미스 길 건널 때 아니야?" 그날 집에 있으면 어떻게든 야구를 볼 것 같아서 일부러 가로수길에 갔다. 그리고 아내가 얘기한 때는, 2008 베이징올림픽 쿠바와의 결승전에서 9회 말 1사 만루 위기를 맞이한 정대현이 마지막 타자 구리엘을 상대로 병살을 잡을 때였다. 커피집 근처에서

길 건너가던 순간, 가로수길 전체가 난리 났었다. 아내가 그때를 정확히 기억하고 있는 것을 알고, 난 울컥했다. 다 알고 있으면서 남편이 힘들어하니까 모르는 척한 것이었구나. 그리고 지금까지 그 기억을 함께 담고 있었구나. 내 아내, 한진영! 고맙다.

2016년 8월 19일 2,000안타 달성 기념 시상. 아내와 딸

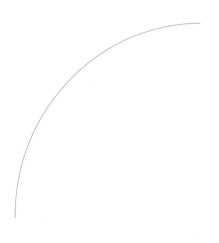

빛 바랜 타격왕,
졸렬택

아무리 힘들어도 야구를 그만두고 싶다는 생각을 한 번도 해본 적 없었는데 이제는 더 이상 할 수 없을 것 같은 시간이 다가왔다. 그때가 2009년이었다. 우리 팀은 일찌기 포스트시즌 진출이 좌절된 때였다. 순위 경쟁이 일찌감치 끝나는 팀들은 정규시즌 마감을 앞두고 백업 선수들로 라인업을 꾸리기도 한다. 베테랑 선수들에게 휴식을 보장하면서 백업 선수들의 기량 향상이 목적이다. 혹은 포스트시즌 진출이 확정된 팀들은 크게 무리할 필요가 없기 때문에 주전 선수들의 체력 안배 차원에서 라인업에 변화를 주기도 한다.

 팀 성적은 포스트시즌 진출권과 멀어져 있었지만, 그때는 나의 타율 부문 1위 달성 여부가 걸린 시기였다. 선두를 지키고 있던 나로선 2위 홍성흔에게 자리를 내주지 않을 경우 프로 데뷔 이후 첫 타격왕이라는 타이틀을 얻는 상황이었다. 롯데는 한 경기, 우리는 두 경기를 남겨놓고 있었고 롯데의 그 마지막 경기 상대가 우리였다. 당연히 우리 둘의 타격왕 경쟁이 결정되는 이번 경기에 팬과 언론의 관심이 쏟아질 수밖에 없었다.

팀에서는 내게 롯데와의 경기에 나갈 것인지 물어왔고, 생각해보겠다고 대답했다. 감독님은 수석코치를 통해 나의 의사를 존중했고, 생각해서 오라는 이야기를 전했다. 아직도 그날 밤을 뜬눈으로 지새웠던 기억이 생생하다. 2008년 최악의 성적으로 선수 시절이 끝날 것 같던 시간이 전세 역전되어 타격왕을 눈앞에 두고 있었다. 뒤집힐 경우가 거의 없긴 하지만 경기에 나가지 않아도 되는 상황이었다. 그전에는 그런 일이 비일비재했고, 우리 팀 선수를 타격왕으로 만들기 위해 9타석 연속 고의사구를 내보내는 등 짜고 치는 게 너무 많았다. 지금 그런 일이 일어난다면 언론은 물론이고 온라인에서 질타 여론이 지배할 것이지만, 그때만 해도 어렵지 않게 볼 수 있는 일이었다.

아무리 생각해도 다른 걸 다 떠나서 너무 바보 같다는 생각이 들었다. 속임수를 쓰는 것도 아니고, 팀의 포스트시즌 진출이 걸린 것도 아닌데 안 나가면 그만이라는 생각이 들었다. 홍성흔이 잘 쳐서 날 역전하면 남은 한 경기에서 내가 뒤집을 기회를 노린다는 생각을 하며 야구장으로 향했다.

그런데 경기 당일, 야구장 분위기가 뭔가 달랐다. 난 빠지기로 합의된 상황에서 우리 팀 투수들 사이에서 홍성흔 선수한테 안타를 맞으면 안 되는 분위기가 형성됐다. 우리 동료의 기록을 만들어주자는 분위기였다. 감독이나 코치, 그 누구도 시키지 않았는데 하필 그날 선발 투수가 신인 한희였던 것이다. 홍성흔 선수를 상대로 안타를 맞으면 안 된다는 생각이 너무 큰, 젊은 투수 한희는 그날 팀 동료와 선배를 도와주려다 고의시구와도 같은 볼넷을 계속 내주게 되었다. 지금 생각해도 너무 미안하고 안타깝다. 다른 투수들까지 정면승부 피하고 볼넷을 네 번이나 주고 끝냈다.

3시간 반 동안 한 대의 카메라가 줄곧 내 표정만 찍고 있고, 홍성흔 타석 때도 마찬가지였다. 의식적으로 덤덤하게 앉아 있는데, 옆에 있던 이진영이 카메라가 계속 나만 따라다닌다고 놀리며 웃겼다. 그래서 단 한 번 '피식'하고 웃었는데, 경기가 끝나고 보니까 《SBS 8시 뉴스》에 '졸렬한 타율 관리'라는 문구와 함께 웃는 장면이 그대로 방송에 나왔다.

중계방송을 실시간으로 지켜봤거나 뒤늦게라도 소식을 접한 야구 팬들은 이러한 나의 모습에 분노를 감추지 못했고, 비난 여론이 들끓었다. 결국, 타율 타이틀은 획득했지만 며칠이 지난 후 이러한 사태에 책임을 지고 공개적으로 사과문을 발표하게 됐다.

"모든 것이 내 책임이었다. 내 의지였다. 타이틀에 대한 절실함을 핑계 삼아 정정당당한 승부를 하지 못했다. 나도 행복할 수 없다는, 당연한 사실을 깨달았다."

10월 27일 정규 시즌 최우수 선수 시상식에 나가서도 "다들 아시는 이유 때문에 심적으로 많이 힘든 시간을 보냈다. 내년에는 정말 멋있는 선수가 되도록 노력하겠다." 이렇게 기회 닿을 때마다 팬들에게 진심을 담아 사과했다.

잘못한 것은 알았지만 쉽사리 가라앉지 않는 팬들의 분노에 내 마음을 왜 이렇게 몰라주실까 하는 아쉬움도 있었지만, 가만히 돌아보니 스포츠는 각본 없는 드라마인데 그것을 내가 무너뜨렸던 것을 인정할 수밖에 없었다. 선수가 스스로 각본을 쓰고 있었으니 실망이 클 수밖에 없었던 것이다. 그래서 기회가 닿을 때마다 사과했다. 그리고 너무도 싫은 별명인 '졸렬택'이란 별명을 받아들였다. 다시는 그러지 말자는 각오를 다지며.

2013 시즌

갑자기
들을 수 없게 된
나의 응원가

"무적 LG 박용택~ 오오오오오오오~ 오오오오오오~"

"내 눈 앞에 나타나~ 박용택!!!!"

등장곡 〈나타나〉와 응원가 〈New Ways Always〉가 아직도 내 귀에서
들리는 것 같을 때가 있을 만큼 참 친숙하고 힘이 되던 노래다. 지금
은 무관중이라 팬들이 불러주는 응원가 자체를 듣기 어렵지만 투수
나 타자의 응원가가 나오면 팬들도 들뜨고, 선수들도 뭉클해지면서
더 힘이 난다. 투수나 타자 모두에게 '개인 곡'이 있다. 흔히 야구팬
들이 이야기하는 '등장곡'이 그렇다.

  내 응원곡을 듣지 못하게 된 것은 코로나 때문이 아니다. 2018년
KBO와 10개 구단에 일부 원작자들이 제기한 응원가 사용 저작 인

격권 소송이 걸린 후부터였다. 물론 KBO측이나 구단, 선수들까지 야구팬들이 느끼는 응원의 즐거움을 지키기 위해 함께 대처하기로 합의했지만, 2018년 5월 1일 경기부터 전 구단이 선수 등장곡을 트는 것을 잠정 중단하기로 결정했다. 많은 팬들이 아쉬워했던 부분이고, 나 역시 마찬가지였다. 저작권사의 입장도 충분히 이해한다. 음원에 대한 권리도 보장받아야 하고 그 한 곡 한 곡이 얼마나 중요한 자산인지도 알고 있다. 하지만 원곡을 더 많은 사람들이 기억하고, 좋아하는 홍보 수단으로써 응원가도 충분히 의미있다고 판단한다. 그러므로 조금 더 구단, 더 나아가 KBO측에서도 더 노력하고, 저작권사도 열린 마음으로 더 다가와 주신다면 서로 윈윈할 수 있는 결과에 도달할 것이라 믿는다.

나도 처음에는 응원가나 등장곡이라는 것을 접했을 때만 하더라도 노래가 그렇게 중요하다는 관심이 적었고, 생각하지 못했다. 내그러나 시간이 흐르면서 나 뿐만 아니라 우리 팀, 다른 팀 팬들까지도 내가 정한 등장곡과 응원가가 좋다고 인정을 했고, 무엇보다도 누구나 쉽게 따라부를 수 있는 노래였기 때문에 곡에 대한 애착이 있었다. 병규형 응원가와 더불어 떼창하기도 참 좋았고, 정말 괜찮은 응원가였다. 그리고 노래가 주는 힘이 그렇게 센지도 몰랐다. 국가대표 선수들이 올림픽이나 세계 대회 나갔을 때 태극기가 게양되고, 애국가가 나오면 눈물이 나는 것처럼, 우리 선수들도 등장할 때나 경기 중에 내 노래가 나오면 의지가 되고 힘을 내게 된다.

한창 오랫동안 사용됐던 내 응원가의 원곡은 박정아의 〈New Ways Always〉였는데, 어느 순간부터 저작권협회와 관련된 이런저런 사정이 겹치면서 지금 사용 중인 응원가를 못 쓰게 됐다고 홍보팀에서 이야기를 전해 들었다. 이 문제를 해결하기 위해 나까지 나서서 정말 열심히 노력했지만 결국 오래 나와 함께 한 응원가를 더 이상 야구장에서 들을 수 없게 됐다. 참 마음이 허전했다.

가수 김범수가 부른 나의 등장곡 〈나타나〉도 응원가 못지않게 너무 좋았다. 뭔가 입에 착착 붙는 느낌이다. 이따금씩 라디오를 듣다가 이 노래가 나오면 깜짝 놀랄 때가 있다. 언젠가 가수 홍경민이 형이 라디오 프로그램 게스트로 나갔을 때였던 것 같은데, 그 노래가 나오다가 누군가 "박용택!"을 외쳤다. 콘서트를 할 때 LG팬이 아닌지 맞는지 확인할 수 있는 방법이 한 가지가 있다면서, 이 노래를 아는지 모르는지가 그 증거라고 했던 게 기억이 난다.

그랬던 경민이 형인 만큼 내 등장곡과 응원가를 쓸 수 없다는 것에 함께 마음 모아주었고, 2020년 LG팬으로 너무나 잘 알려진 작곡가 송시현 님까지 합세하셔서 LG와 선수를 위한 응원가를 직접 만들겠다는 의사를 전했고, 나도 구단도 정말 감사하게 받았다. 경민이 형은 물론 아쉬워했다, 원곡의 이미지가 너무 세서 그것을 넘어서기 어려웠다고 하면서 준 노래 "무적 L! G! 박용택!"였는데 겸손이었다. 나는 이 노래도 마음에 들었다. 코로나 때문에 많은 팬분들이 불러주시지도 못한 것도 아쉽고, 오래오래 들었으면 좋았겠지만 내

가 선수 생활을 은퇴해 이 노래도 함께 은퇴하게 된 것이 못내 아쉽
지만 그 노래를 만든 분의 마음이 함께 느껴져서 내 기억에 오래 오
래 남을 것 같다.

2017 시즌

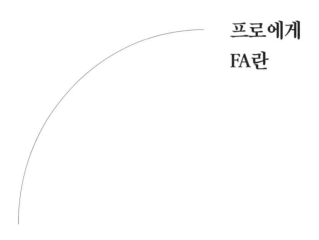

프로에게
FA란

매일 성적표를 받는 것이 프로 선수의 일상이라면 FA는 그것에 대한 결정판이라고 말할 수 있다. 한 번도 어렵다는 FA 기회가 내게 3번이나 있었다는 것만으로도 감사한 일이다. 그만큼 건강도 따르고, 성적도 따르고, 구단의 신뢰와 팬들의 응원이 있었기에 가능한 일이었다. 그리고 가족들의 보이지 않는 희생이 얼마나 많았는지 잘 알고 있다.

내가 꿈꾸던 프랜차이즈 선수, 원 클럽 맨으로 은퇴할 수 있어서 행복하다. 물론 돌아보면 세 번 다 쉽지만은 않았다. 첫 FA에서 LG와 최대 4년3+1년간 계약금 8억5억+3억 원과 연봉 3억5천만 원 등 총 34억 원에 계약했다. 숫자만 보면 크게 나쁘지 않지만 매년 3억이 포함된 옵션 계약으로 4년 동안 무려 12억 원이 더해질 수도 있고, 최악의 경우 그만큼 깎일 수도 있는 조건이었다. 사실 첫 만남에서 구단의 대략적인 계획을 들었을 때 옵션 때문에 마음에 걸렸고 계약 내용에 아쉬운 마음이 들어 쉽게 사인할 수는 없었다. 보장액이 적고 옵션이 덕지덕지 붙은 계약은 팀에 헌신한 성실한 선수에 대한 굴욕적인 처사라는 이야기가 여기저기서 들려 왔지만 나는 귀를 닫았다. 어쨌든 프로는 성적이 팩트인 것이다. 결론은 내가 야구만 잘하면 되는 일이란 다짐을 하며 사인했다.

내 다짐은 결과로 나타났다. 데뷔 시즌 이후로 포스트시즌 무대를 밟지 못하고 있었기에 나는 계약 기간 내 우승을 목표로 했다. LG는 우승을 하지는 못했지만 2013년에 11년 만에 포스트시즌에 진출했고, 이듬해인 2014년에도 포스트시즌에 진출했다. 4년간의 계약 기간 동안 592개의 안타를 처내며 연평균 148개라는 좋은 기록으로 두 번째 FA를 맞이했다. 그 외에도 4년의 계약 기간 동안 18이 넘는 누적 WAR을 기록하는 등 눈부신 활약을 했다. 그런데 두 번째 FA를 앞두고 더 큰 걸림돌이 나타났다. 바로 나이였다. 그런 이유로 내 목표가 좀 더 명확해졌고, LG 트윈스의 프랜차이즈 스타와 영구결번, 두 가지만을 바라보면서 다른 팀으로 갈 생각을 하지 않고 있었다.

하지만 내 생각과 달리 구단 측에서는 첫 계약 테이블에서 실망스러울 정도의 FA 계약 조건을 내놓았다. 그걸 본 나는 내가 지금껏 보여준 성적과 객관적인 데이터로 솔직하게 내 비전을 제시했다. 그러나 이견은 좁혀지지 않았고 시간이 좀 더 필요한 상태에서 LG와의 우선 협상을 이어갔다. LG와 내가 첫날 계약을 하겠다는 예상이 빗나가자 사람들은 모두 놀라워했고, 시간이 지나도 나의 계약 소식이 좀처럼 언론에 나오지 않자 지방 A 구단 관계자로부터 연락이 왔다. "잘 안 된다면서요? 한 번 봅시다. 그냥 한 번 나와요" 지금은 원소속 구단 우선 협상이 사라지면서 곧바로 모든 구단과 협상이 가능하지만, 그땐 원소속구단과 우선 협상 기간이 다 지나고 나야 다른 팀들을 만날 수 있었다. 그렇지 않으면 선수와 구단 모두 탬퍼링^{사전 접촉} 논란에 휩싸일 수 있었다.

LG가 보여준 당장의 제시 조건이 마음에 들지 않더라도 우선 협상 기간이 계속되던 때였기 때문에 FA 협상에 대해 말하지 않았다. 그쪽에서는 LG와 협상이 결렬되면 자기네 팀과 먼저 만나 협상을 하자며 자기들이 생각하는 금액을 말하며 물러섰다. 하지만 그들을 다시 만날 일은 없었다. 원소속구단 우선 협상 마지막날, 4년 총액 50억 원에 LG와 두 번째 FA 계약에 합의했다. 그러나 초반 A 구단이 제시한 금액이 꽤 커서 머릿속에 남기는 했다. 팀을 옮길 것인가를 고민한 것은 아니었다. 다만 내가 어떻게 해야 우리 LG팀에서 인정받고, 어떻게 설득해야 계약 조건을 더 유리하게 끌고 갈 수 있을지를 고민했다. 내 꿈과 목표는 오로지 LG에 입단하여 LG에서 끝내는 것이었기에 흔들리지 않았다.

마지막 기회...
공황장애

　세상에 태어나서 처음 겪는 일이 생겼다. 2018년 6월 23일 양준혁 선배의 최다 안타 기록을 깬 날 이후부터 성적이 안 좋아지기 시작했다. 기록 갱신을 했기에 부담도 줄고, 가볍게 칠 줄 알았는데 몸도 무겁고, 배팅 포인트도 안 맞는 것이 나조차도 이해할 수 없었다. 그렇게 며칠이 지나고 서인석 매니저가 지나가다 앉아 있는 나를 보더니 "형, 왜 이렇게 떨어요?" 라고 물었다. 내려다보니 손과 발을 덜덜 떨고 있었다. 열이 나는 것도 아니고, 몸살이 난 것도 아니었다. 아마 성적이 안좋으니까 긴장감에 쫄려서 그런 건가? 그렇게 생각하니 스스로 더 한심해 보였다. 더 힘들었을 때도 이런 일은 없었는데 이제 나이가 든 건가? 하긴 며칠 전부터 다리가 떨리는 것 같아 경기에 들어갈 때 조금 불편한 기분이 들어 신경도 쓰였다.

그 증세는 시간이 가도 사라지기는커녕 더 심해졌다. 출근할 때마다 올림픽대로를 빠져나와 야구장 동문으로 들어서는데 20년 가까이 다니던 그 길 위에서 심장은 쿵당쿵당 튀어나올 듯이 뛰었고, 손떨림이 심해 핸들까지 느껴졌다. 주차장 매표소를 지나 야구장으로 가야 하는데 도저히 그쪽으로 갈 수가 없어서 멀리 떨어진 수영장 주차장에 차를 세웠다. 호흡을 계속 가다듬고, 괜찮다고 스스로 안정시켰다. 얼마나 시간이 지났을까? 30분이 훌쩍 지난 시간에 떨림과 호흡도 안정되어 야구장으로 향했다.

　내 멘탈 관리를 맡고 계신 한덕현 박사님을 급히 찾아갔다. 증세를 얘기하자마자 "공황 초기 증세네. 요즘 신경 쓰이고 스트레스받는 일 있어?"라고 물으셨다.

　내가 왜 그런지에 대해 곰곰이 생각하고 솔직히 답했다. 은퇴도 앞두고 있고, 올 시즌 마지막 FA이고, 3,000안타에 대한 생각도 있다고 하니 한 마디로 그건 욕심이라고 단호하게 말씀하셨다.

　지금 그만둬도 될 만큼 충분히 잘해왔고, 이미 LG의 전설이고, 한국 야구에도 기여한 바가 큰 선수니까 하루하루 그냥 보내라고, 마음을 내려놓으라고 하셨다. 물론 약 처방전도 주시고, 스트레스를 줄이고, 술 마시면 증세가 심해진다고 금주하라는 생활 처방도 받았다. 그러나 내가 한덕현 박사님을 찾는 이유는 전문적인 처방도 있지만, 가족들에게도 털어놓기 어려운 내 마음을 믿고 이야기할 수 있기 때문이었다. 나를 알아주고, 내 편을 들어줄 사람이 있다는 것,

그것만으로도 힘이 된다.

그렇게 이야기를 하니 신기하게도 조금씩 타격감도 찾아갔다. 내가 왜 그런지를 알고 약도 처방받은 대로 생활도 하고, 루틴도 지켜나갔다. 출근길은 여전히 힘들어서 잠실 수영장 주차장에 차를 세워놓고 마음의 안정을 찾은 뒤, 다시 출근하는 것이 새 루틴으로 자리를 잡았다. 그렇게 다행히 2018년 시즌 마무리도 만족스럽게 마무리할 수 있었다.

3번째 FA, 첫 번째 미팅이 이루어지기 전까지 내 인생을 돌아봤다. 한 시즌 동안 너무 힘들었기에 마음을 많이 내려놓기도 했다. 내가 지금껏 3,000안타를 치고 싶다고 말해왔는데 그것을 이루려면 현재 600개 정도 남았고, 앞으로도 한 시즌에 150개를 쳐야 가능한 숫자였다. 과연 난 4년을 더 뛸 수 있을까? 공황장애는 조금씩 익숙해지고, 어떻게 대처해야 할지 알기에 달래가며 뛴다고 하더라도 몸도 마음도 최상의 컨디션으로 4년을 최선을 다해 뛸 자신이 없었다. 그렇다고 지금 당장 혹은 1년 후 은퇴는 아쉬움도 크게 남고 후회도 남을 것 같았다. 2년은 지금처럼 관리해서 잘 치고 뛰고, 잡을 자신이 있었다.

단장님을 만나자마자 내가 가장 먼저 한 말은 이것이었다. "단장님, 제가 걱정 하나 덜어드릴게요. 2년 있다가 은퇴하겠습니다." 차명석 단장님은 생각지도 못한 내 말에 당황하면서 왜 그러냐고 물으셨다. 그래서 지금까지 겪은 공황장애와 마음의 변화, 또 몸 상태까지 이야기하면서 2년은 충분히 뛸 수 있을 것 같다고 했다. 그랬더니 내가 3,000안타에 대한 꿈을 얼마나 간절히 꿨는지 알기에 4년을 고집할 것이라 생각했는데 의외라고 하시며 만약 원한다면 2년 + 1년 계약까지 생각하고 오셨다고 하셨다. 그래서 아니라고 분명히 2년 후 은퇴를 하겠다고 말씀드렸다.

"다른 데서 연락 안 오지?"라고 하시기에 "단장님 같으면 연락하시겠어요?"라고 웃으며 반문했다. 마지막 은퇴를 앞둔 선수를 데려오기 위해 보상 선수도 줘야 하고, 보상금도 줘야 하는 부담을 안고 어느 팀에서 연락하겠는가?

단장님은 그러면 우린 급하지 않으니 지금 앞에 있는 시급한 일들을 좀 처리하고 천천히 하자며 돈 많이 준비해오겠다고 가셨다.

그렇게 훈훈한 분위기에서 헤어졌는데 한참 전부터 팬들과 언론 사이에서는 흉흉한 소문이 돌기 시작했다. '박용택이 지금 3,000안타 때문에 4년을 고집하는 것 같다, 말만 앞서고 돈만 밝힌다, 주전에서 빠져야 한다' 등등.

아무리 생각해도 내가 잘못한 게 없는데 욕을 먹는 이유를 알 수가 없었다. 그 이후 단장님과 식당에서 딱 한 번 소주를 마시며 계약금에 대한 의견을 나누기는 했지만 정식으로 만나 협상을 한 적은 없었다.

개인 통산 최다 안타 기록이 깨지면서 여기저기 시상식에 가게 되었는데 어떤 아나운서 분이 요즘 많은 분이 내 FA에 대해 궁금해한다는 질문이 들어왔다.

"정말 저처럼 재미없는 계약이 어디 있을까요? 2년 후 은퇴할 것이고, 그 기간이 정해졌으니 돈을 조금 더 받고 덜 받는 것뿐입니다." 라고 답을 했다.

그리고 공식적인 두 번째 자리에서 약속대로 계약서에 사인을 하며 내 선수로서 마지막 FA가 이루어졌다. LG 유니폼을 입고 프로선수로 들어와 LG 유니폼을 벗으며 은퇴하겠다는 꿈이 이루어졌다.

다만 내 은퇴식은 한국시리즈에서 우승하는 자리에서 하는 게 꿈이라고 수차례 말해왔지만 그 꿈은 이루지 못했다. 그것이 아쉽지만 나는 이제 은퇴했고, 내 후배들이 그 꿈을 곧 이룰 수 있기를 여전히 바라고 있다.

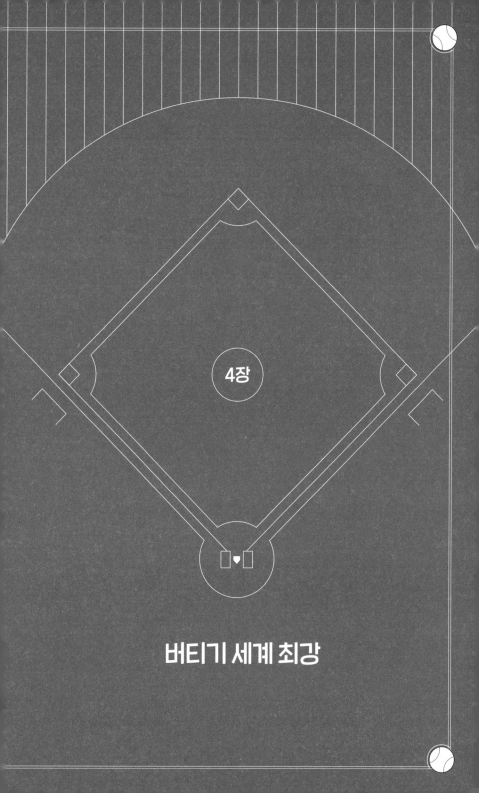

4장

버티기 세계 최강

내 자리는
없다

프로에 입단하면 하늘 같은 선배님들을 만난 것만으로 꿈을 이룬 듯
하고 그들과 한 팀에서 함께 뛴다는 것만으로도 기분이 좋지만, 얼
른 단잠에서 일어나야 했다. 나도 들어가자마자 양준혁 선배님과 이
병규 선배님 같은 스타 외야수들과 경쟁한다는 마음으로 더 이를 악
물고 배트를 잡아야 했다. 난 후배들에게도 '선배가 아닌 경쟁자'라
고 생각하고 야구에 임하라고 당부하는데 단순히 겁주려는 게 아니
라 19년 동안 프로 세계에 있던 선수로서의 경험이고, 현실이다.

　2002년 내가 들어간 LG 구단은 매니 마르티네스, 이병규, 김재현
으로 외야진을 꾸렸다. 신인인 내게 준비된 원래 자리는 백업 혹은
2군으로 보였지만 나는 2001년 마무리 캠프부터 사령탑이었던 김
성근 감독 눈에 들었다. 훈련하는 걸 보고 연봉 계약한다는, 지금까

지 듣지도 못했던 조건을 만든 만큼 열심히 했다. 어디선가 감독님이 발 빠른 좌타자를 유독 선호하신다는 얘기를 듣고 미친듯이 뛰고 지옥의 훈련으로 불리는 훈련량을 다 소화했다. 그 덕에 입단 첫해, LG 외야수 중 가장 많은 112경기 424타석을 소화했다. 나에 대한 팬들의 기대도 점점 높아지고 주전으로 자리 잡아가는 모습에 스스로 대견해하기도 했다.

하지만 신인 시절의 자리에 대한 불안은 시작에 불과했다. 같은 팀에 동갑내기 안치용 선수가 있었는데 학창 시절 내내 나와 경쟁 학교에 다니며 계속 비교 평가를 받은 선수였다. 신일고 시절에는 '천재 타자'로 이름을 날리며 유명했다, 성적도 더 좋았고, 내가 봐도 정말 잘하는 선수였다. 대학 이후 입단 후에는 전세가 역전되어 내가 줄곧 앞선 성적을 기록했다. 그러다 내게 가장 혹독한 시련을 주었던 2008년 시즌, 안치용 선수가 부활을 알리듯 101경기에서 2할 9푼5리의 성적과 7홈런, 52타점의 성적으로 맹활약하며 당시 팀 전체까지 암흑기가 이어지던 때에 '난세영웅'으로 불릴 만큼 좋은 컨디션을 보여주었다. 시즌 내내 그는 좌익수로 자리를 잡았고, 중견수에는 '도루왕' 이대형 선수, 시즌 후에는 우익수 자리에 FA로 영입한 '국가대표 외야수' 이진영이 합류했다. 그렇게 2009년 시즌을 맞이했고, 난 네 번째 외야수로 밀린 상태로 시작하게 되었다. 외야 자원이 풍족한 LG가 나를 트레이드 카드로 쓴다는 얘기도 직접 들었다.

돌아보면 준비된 내 자리가 있다고 생각하거나 안심한 적은 한 번도 없었다. 회사에 갔는데 갑자기 내 자리에 다른 사람이 앉아 있는 경험을 한 적이 있는가? 프로야구 선수의 일상이 그렇다. 매번 컨디션과 성적을 통해 인정받고 다른 사람보다 잘해야 내 자리가 주어지는 것이다.

2008년 시즌이 끝나고 이진영, 정성훈 선수가 FA로 들어왔다. 원래라면 2006년 WBC 대회에 함께 나가서 뛴 좋은 선수들이 들어와 반갑고 팀에서 볼 때도 좋은 소식이긴 했지만 내가 너무 안 좋은 상황이다 보니 그 선수들 가까이 갈 수가 없었다. 자격지심도 있었고, 자존심도 많이 상하고, 창피했다. 주전 자리도 보장받지 못하는 상황 속에서 난 팀에서나 팬들 사이에서 그저 그런 선수가 되어가고 있었다.

그러나 내 최대 장점은 포기를 모른다는 것이다. 그런 상황들이 오히려 자극이 됐고 자극을 통해 조금씩 나아지려고 했다. 김성근 감독님이 나를 아주 잘 보셨고 그런 면에서 잘 맞았다. "용택이는 좀 눌러줘야 더 잘하는 선수야"라는 말이 아직도 귀를 맴돈다.

누구와 경쟁할 때마다 야구 경력으로 선배 혹은 후배를 내세우는 일은 부질없었다. 실력에서 앞서면 그 경기를 뛸 수 있는 것이고, 뒤지면 다른 누군가가 뛰는 것을 지켜보거나 2군, 3군까지 떨어질 수밖에 없다.

프로 세계에서 경쟁은 피할 수 있는 부분이 아니다. 피할 수 없다면 즐겨야 한다. 프로에 입단했다는 것은 경기력과 체력은 어느 정도 인정받았다는 것이고 선수들 간의 차이는 크지 않다. 프로에서 성패를 가르는 것은 멘탈이라는 것을 시간이 지나면서 깊게 깨우치게 되었다.

모든 프로선수가 운동에 늘 최선을 다하는 것은 아니다. 야구가 아닌 다른 데에 신경을 쓰는 선수도 있다. 그런 선수들은 오래 가지 못하고 은퇴를 빨리하거나 트레이드되었다가 금세 사라졌다.

이런 이유에서 나는 아버지께 특히 더 감사한다. 농구를 하신 아버지의 성실함과 노력을 어려서부터 곁에서 봐왔기에 누구보다 열심히 훈련하고 그라운드 위에서 열심히 뛸 자신이 있었다. 그리고 그것이 당연한 줄 알기에 훈련을 게을리하거나, 아무것도 안 하고 쉰다는 것은 생각해본 적이 없었다. 거기에 처음부터 김성근 감독님을 만나서 훈련하다 보니 멘탈 하나는 견고했다.

그런데 이런 것들을 다 극복하더라도 끝난 게 아니다. 최종 빌런이 남아있다. 가장 큰 적수, 경쟁자는 바로 나 자신이다. 언제나 오늘의 나를 뛰어넘어야 했다. 지금 내 모습에 안주하거나 조금이라도 게으름이 찾아오면 바로 오늘의 내가 아닌 한참 전의 나로 퇴보해서 끌어 올리기 힘들다. 올라가는 것은 오래 걸려도 내려가는 것은 순간이다. 그러니까 성적이 며칠 잘 나온다고 해도 꾸준히 관리하고, 훈련 외에도 책과 영상을 통한 공부를 통해 언제나 오늘의 나를 이겨내기 위해 은퇴하는 그 날까지 노력할 수밖에 없다.

어떤 순간이 와도 꽉 붙들고 놓지 마, 정신줄!

2018년 6월 2일 개인통산 200홈런 순간

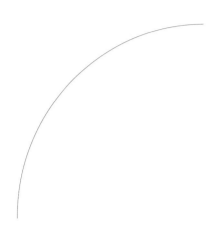

못 말리는
승부의 세계

한 팀에서 같이 했던 선수 중에 가장 닮고 싶은 형을 꼽으라면 이병규 형을 꼽을 수밖에 없다. 내가 프로에 입단하기 전, 형은 1999년부터 2001년까지 최다 안타 타이틀을 차지하면서 우리나라 최고의 외야수로 이름을 알렸다. 난 학생이었지만 내가 들어가야 할 LG에 있는 이병규 선수를 분석하며 나와 스타일 등 여러 면에서 비슷하다고 생각해서 롤모델로 병규 형을 꼽으며 만날 날을 기다렸다. LG 입단을 앞둔 대학 졸업 전에는 '저 사람 이기면 한국 접수하는 거 아니야?'라는 생각을 하며 형은 내 이름도 몰랐겠지만 혼자 라이벌 의식을 가졌다. 그리고 꼭 형을 이기고 말겠다는 목표를 세웠다.

그런 병규 형에게 내 이름 석 자를 확실히 알릴 기회가 생각보다 빨리 돌아왔다. 2001년 마무리 캠프 때부터 김성근 감독은 무조건

열심히 하는 나에게 많은 관심을 주었고, 이병규, 양준혁, 김재현 선배를 불러서 내가 치는 걸 직접 봐주라고 말했으니 병규 형도 나를 제대로 보게 되었다. 형이 일본 프로야구에 진출했던 3년을 제외하고 2002년부터 10년 넘게 같이 야구를 했다. 첫 스프링캠프 당시 병규 형이 나의 룸메이트였다. 처음엔 좀 어려웠고 무뚝뚝하고 아무 말 안 할 것 같아도, 친해지면 누구보다 편하게 이야기할 수 있는 사람이었다.

한 번은 이병규 형이 제안해서 타율로 내기를 한 적이 있었다. 여름까지 난 타율 3할2푼 정도를 기록하고 있었고, 병규 형은 2할6푼 정도였다. 시즌 끝나고 타율이 낮은 사람이 술을 사자는 것이었다. 그때까지 꽤 많이 성적이 벌어진 상태로 내가 앞선 상황이라 자신만만하게 그러자고 했다. 하지만 결국 정규시즌 마지막 날 역전당해 내가 내기에서 졌다.

형은 내가 입단하기 전부터 너무도 잘해온 선배였고 슈퍼스타였기에 다가가기 어려웠는데 내가 안타를 못 치는 날이면 덕아웃에서 놀리고, 부족한 부분이 보이면 이야기해주는 등 먼저 스스럼없이 대해주었다. 이 시간을 통해 나는 발전적인 경쟁이 무엇인지 자연스럽게 배워 나갔다.

병규 형이 일본에 갔을 때, 내 앞에서 화살을 맞아줄 수 있는 든든한 사람이 이젠 없다고 생각할 만큼 굉장히 허전했다. 그의 빈자리가 생각보다 훨씬 컸다. 실제로 2006년 세이버 스탯이 좋았는데, 골든글러브 투표 결과 6위로 밀리면서 생애 첫 황금장갑을 품에 안지 못했다. 그만큼 병규 형보다 모자랐다는 생각도 컸고, 형이 일본으로 가고 난 후 2007년과 2008년 연이어 부진이 이어지면서 병규 형을 보고 싶어 했던 적이 꽤 있었다. 팬들에게 너무 많은 욕을 먹고 팀은 계속 하위권에 머무르다 보니 심적으로 정말 힘든 시기였다.

2009년 처음으로 타격왕을 차지했고, 2010년 시즌을 앞두고 병규 형이 일본에서 돌아오면서 이제는 제대로 한번 경쟁할 수 있다는 생각을 했다. 그러나 결국 돌아보면, 어느 한 명이 월등하게 앞서서 잘한 시즌은 없었다. 부진할 땐 나와 병규 형 둘 다 뭔가 부족했고, 좋을 땐 같이 잘했던 것 같다.

우리 둘은 서로의 자녀가 같은 초등학교에 다녔는데 한 번은 초등학교 운동회에 갔다가 본의 아니게 진땀까지 빼며 승부를 펼치게 되는 당황스러운 일이 벌어졌다. 두 아이가 초등학교 2학년이었을 때, LG의 홈경기이기에 오전 시간을 낼 수 있어서 병규 형과 함께 학교에 갔다. 여러 종목들 중에서 학부모가 참가하는 줄다리기 경기가 있는데 난 청팀 대표였고, 병규 형은 백팀 대표였다. 50명 가까이 되는 학부형이 참가했고, 승부욕을 숨길 수 없는 우린 학부형 가운데서도 가장 맨 앞에 섰다.

청군, 백군을 부르는 게 아니라 학생들이 "박용택 이겨라!", "이병규 이겨라!"로 목이 터져라 부르며 열띤 응원을 하니 슬슬 할 수가 없고, 경기장의 라이벌이 갑자기 번외경기를 하듯 서로 치열하게 잡아당겼다. 팽팽한 접전 끝에 결과적으로 이겼다. "와!" 운동장을 꽉 채운 함성 소리에 우리 둘 다 학부형이 아닌 초등학생으로 돌아간 듯 정말 열심히 했다. 경기가 끝나고 나서 장갑을 보니까 피가 배어 나왔다. 할 때는 다친 줄도 몰랐는데 쓰라렸다. 손 상태가 좋지 않은 것은 병규 형도 마찬가지였다. 장갑을 벗어 보니 둘 다 똑같은 부위 몇 군데에 피부가 벗겨진 것을 확인할 수 있었다. 당장 오후에 경기를 해야 하는데 둘 다 배트가 손에 제대로 잡힐지 걱정스러웠다.

그날 오후, 야구장에 출근해 우리 둘이 나란히 트레이너들에게 똑같이 상처 입은 손을 내미니 트레이너들은 깜짝 놀랐다. 자초지종을 설명하니 트레이너들은 '멘붕'에 빠졌고, 여러 차례 테이핑을 하기에 바빴다. 상처가 다 아물 때까지는 적어도 1~2주 시간이 필요했지만 누구에게도 아프다고 '윽' 소리 한번 낼 수도 없었다. 진짜 그때 다행히 둘 다 성적이 나쁘지 않아 들키지 않고 넘어갔지 큰일 날 뻔했다. 지금 생각하면 헛웃음이 새어나오는 정말 못 말리는 승부욕이다.

2018년 6월 2일 개인통산 200홈런을 치고

프로선수답게
화내기

나는 인간관계를 참 중요하게 생각하는 사람 중 하나다. 이런 점은 어머니에게 많이 배웠다. 어머니는 사회성이 참 좋으셨고, 그러다 보니 주변에는 따르는 사람이 많았다. 항상 긍정적이고 어지간해서는 화를 안 내셨다. 아버지는 내게 무슨 일이 생기면 이것은 이렇고 저것은 저렇고… 하나하나 열거하며 말씀해주셨다면 어머니는 하나부터 열까지 다 내 편에서 함께 슬퍼하고 기뻐해주셨다. 언제나 "잘하고 있어"라고 응원을 보내시는, 천상 엄마였다. 그런 점이 참 좋았고, 어머니의 가정 교육 덕분에 사람들과 잘 지낼 수 있었으며, 실제로도 주변에 친구도 많고 관계도 좋다.

사람들 사이에선 지금껏 큰 문제도 없었고, 가까운 사람들도 내가 화내는 것을 거의 보지 못했지만 그런 나도 화를 낸 적이 있다. 완전

신인 티를 벗어나지 못한 2002년과 2006년, 딱 두 번 심판한테 화를 냈는데 2006년 9월 28일을 먼저 말하자면 대구에서 열린 삼성전이 었다. 삼성 마무리 오승환 선수가 세이브를 추가하면서 46세이브를 기록, 일본 프로야구의 이와세 히토키와 어깨를 나란히 하면서 아시아 단일 시즌 최다 세이브 타이기록을 세운 날로 기억한다. 9회 투 아웃 상황에서 오승환 선수와 나의 승부는 풀카운트로 꽉 찼고, 공이 타석 라인 쪽으로 30cm 정도 떨어져 들어오면서 당연히 볼넷이라고 생각했다. 그런데 당시 주심이었던 허운KBO 심판위원장 심판이 그 공에 대해서 루킹 삼진 선언을 하면서 그대로 경기를 끝냈다.

그전까지 심판 판정에 어떠한 제스처도 보인 적 없는 나는 어린 마음에 화가 나 심판이 들어가는 쪽으로 헬멧을 던져버렸다. 하지만 그날 경기에서 1루심을 맡은 최규순 심판이 이 장면을 눈앞에서 목격했고, 그분은 "이리로 와봐, 너 뭐하는 놈이야?"라며 불러 세우더니 날 호되게 꾸짖었다. 나는 스트라이크 존이 너무 좁은 것에 대해 따지며 너무한 거 아니냐며 항변했고, 이걸 또 병규 형이 덕아웃에서 보다가 뛰쳐나와서 "지금 선수한테 욕하는 것이냐"며 심판과 한바탕 실랑이가 벌어졌다.

이 장면이 선명하게 기억나는 이유는, 경기가 끝난 이후 오승환의 세이브 기록과 관련해 전광판에 크게 송출되면서 현장 분위기가 말 그대로 난리가 난 상황이었기 때문이었다. 오승환의 기록 달성 여부를 놓고 야구팬이나 언론의 관심이 매우 컸던 때였다. 그때 나의 억

울한 삼진을 지켜봤던 구단 사장이 스트라이크 존을 캡쳐해 KBO에 제소하라고 했는데, 우리나라 리그에서는 제소 제도가 없었고 아쉽게도 지금도 마찬가지다.

또 한번은 2002년, 첫 시즌 때였다. 그때 삼성전에서 투수 노장준 선배도 경험이 많은 노련한 시절은 아니었다. 내가 타석에 서자 몸쪽에 말도 안 되는 공이 들어와서 혼잣말로 크게 한숨을 쉬었다. 그걸 본 주심은 곧바로 욕을 하면서 나한테 "지금 뭐라고 했냐"며 따졌다. 지금처럼 1회부터 끝까지 전 경기가 TV로 중계된 것도 아니고, 또 순식간에 소문이 퍼질 정도로 온라인 환경이 좋을 때도 아니었다.

신인이었던 난 그저 혼잣말만 했다고 항변했고, 퇴장 조치 없이 그대로 상황은 이어졌다. 그렇게 삼진을 당하고 나서 덕아웃에 들어간 이후 김성근 감독에게 타석에서 있었던 사실을 그대로 알렸고, 내 이야기를 듣자마자 감독님은 주심에게 가서 똑같이 욕을 했다.

이러한 일들이 있으면 잠자리에 들어서도 마음이 불편하다. 어떻게든 풀어야 했다. 이튿날 심판실에 가서 내가 잘못한 부분을 심판들에게 사과하며 별 탈 없이 지나갔고, 다행히 당시 분위기도 좋았다. 그 이후 내가 타석에 들어설 때면 은퇴할 때까지 20년 가까이 스트라이크 존이 반 개 정도 줄었던 것 같다. 심판들과 원만한 관계를 계속 그렇게 유지해갔다.

내가 타석에서 뭔가 알쏭달쏭한 판정을 받았다면, 그러한 부분을 심판도 분명 알고 있을 것이다. 연차가 좀 쌓인 이후에는 타석에 들어가며 툭툭 치면서 "확인해봤는데, 볼이잖아"라는 식으로 주심에게 가볍게 투덜댔다. 어느 정도 빠졌는지 물어보면 공 두 개 정도 빠졌다고 이야기하고, 주심은 깔끔하게 이를 인정한다. 누구보다도 판정에 대해 잘 알기 때문에 어땠는지 이야기해주면 심판들도 충분히 받아들인다. 내 이야기에 심판들이 말하는 '쏘리' 사과 한마디가 어쩌면 공 하나로 세 개를 얻는 결과를 가져올 수도 있다는 것이다.

심판들은 투수가 어떤 공을 던질지 모른다. 땅바닥에 오는 공을 타자들이 종종 치는 것처럼, 심판 역시 공에 속기도 하는 것이다. 스트라이크처럼 보여서 순간적으로 몸이 움직였는데, 이때 심판도 직감한다.

요즘 보면 스트라이크존을 두고 이야기가 정말 많다. 사람이 98%의 정확성을 갖고 있는데, 그 정도면 정말 정확한 것이다. 보통 경기당 공 10개 정도가 오심이 나오는데, 그러면 팬들도 난리가 나고 선수들도 난리가 난다. 서로 입장이 다르기 때문에 발생하는 문제다.

항상 후배들에게 했던 이야기는, 판정에 대해 불평이나 불만을 토로하지 말고 화를 밖으로 꺼내지 말라는 것이었다. 내가 불만을 드러내고 욕을 해서 기분이 상하면 나만 손해 보는 게 아니라, 우리 팀과 투수, 타자까지 손해를 볼 수 있기 때문이다. 야구판에서 최소한 지금은 '심판 음모론'이 통하지 않는다. 최대한 공정하게 보려고 하고 공부를 많이 하는 심판이 점점 늘고 있다.

기록보다
중요한 것

세이버 메트릭스Saber-metrics란 "야구에 관한 객관적 지식을 추구하는 것"이다. 세이버 메트릭스와 비교되는 개념으로 '클래식 스탯'Classic stats이 있다. 클래식 스탯은 타율, 홈런, 타점, 승수와 같은 지표로, 기존의 야구에서는 이들을 활용해 선수를 평가하곤 했다. 세이버 메트릭스는 선수 개인의 지표들이 가진 효용성에 대한 의문에서 시작되었다. 세이버 매트릭스는 통계적 분석을 통해 야구를 객관적으로 바라보는 도구이자 선수를 평가하던 기존 방식에서 벗어나 객관적 평가를 통해 야구의 본질을 탐구하고 학문적 접근을 추구하는 방법론적 시도라 할 수 있다.

세이버 메트릭스가 생소했던 KBO 역사만 보더라도 1984년 한국시리즈에서 롯데 자이언츠는 최동원 선수를 4번이나 등판하는 전략을 내세웠고, 그 팀은 우승했다. 당시 팀 내 최고 에이스였기 때문에 한국시리즈 우승을 위한 롯데의 승부수라고 생각되지만 현대 야구에서는 상상조차 할 수 없는 일이다. 선수의 부상이 충분히 예상되는 위험한 판단이기 때문이다.

그렇다면 현재는 어떤가. 상대하는 타자의 유형에 따라 매우 다양한 선수 기용이 이루어진다. 좌타자인가, 우타자인가, 상대 피안타율과 WHIP투수의 이닝당 출루허용률 등을 통한 분석부터 이루어지는 것이다. 세이버 메트릭스가 발달함에 따라 '팀 내 에이스'에 대한 의존도가 상대적으로 감소했고 '각 상황 별 에이스'들을 고루 기용하게 되었다. 팀에서 가장 잘하는 선수라 할지라도 약점이 있을 것이고 이러한 부분을 보완하면서 선수가 혹사 당하는 것 또한 방지할 수 있었다.

선수에 대한 기준에서 나아가 팀에도 큰 영향을 미쳤다. 팀의 승리 이유와 근거 자료들을 많이 확보할 수 있게 되었다. 당연히, 세이버 메트릭스 분석을 잘하는 팀은 좋은 성적을 낼 수밖에 없다.

이런 분석 방법을 머리 아파하는 선수도 꽤 많은데 난 아주 특별한 케이스다. 원래 숫자를 좋아했고, 기록 같은 것을 잘 챙겨보고 관심이 많았다. 처음에는 WAR대체 선수 대비 승리 기여도, WRC+조정 득점 생산 능력 같은 지표는 어디에도 없었고, 대신에 RC득점 창출 능력라는 게 있었다. KBO리그 기록 전문 사이트 〈스탯티즈〉가 개인 사이트로 운영되던 시절에 RC를 처음 접하게 된 것이다.

'그래, 타자는 이런 것을 봐야지'라는 생각을 하며 일본 프로야구 타자들의 타격 비디오 테이프나 타격 자세가 소개돼 있는 야구 잡지를 엄청 사 모으기도 했다. 나중에는 유튜브가 활성화되면서 관련 해외 영상을 봤다.

선수에 대한 학교나 계약금, 기록이나 수상 내역 등 커리어를 보는 것에도 흥미가 있었다. 선수들의 역사가 담긴 스토리를 아는 게 재미있었다. 야구 규칙에 관련된 책을 보는 것도, 숫자 보는 것도 즐거웠다. 이런 것들이 다 해설위원을 하는 지금 많은 도움이 된다. 한마디로, 난 준비된 해설위원이었던 것이다. 지금도 야구 해설을 위해 공부하고 꾸준히 분석을 하고 있는데 그 시간이 하나도 지루하지 않고 적성에 딱 맞는다.

데이터에 관해서는 옛날부터 전해져 오는 말이 있는데, "데이터는 많은 것을 보여주지만 정작 중요한 것을 보여주지 않는다"라는 것이다.

세이버 스탯은 그 선수를 예상할 수 있는 좀 더 세부적인 내용, 혹은 이 선수가 얼마나 가치 있는 선수인지에 대한 구체적인 계산법이라고 할 수 있다. 3할 타자와 3할 5푼을 치는 타자 중에서 누가 더 좋은 타자라고 예상하기가 어려운데 그런 많은 것을 종합해 산출되는 게 세이버 스탯이다.

그러나 세이버 스탯도 결국 그동안 그 선수가 해왔던 것을 보여주는 것이고, 앞으로 할 것을 보여주는 것은 아니다. 팬들은 그것만 가지고 선수를 평가하고 줄 세울 순 있다. 다만 이것만으로 이 선수가 앞으로 더 잘할 수 있을지, 그렇지 않을지를 결정할 수는 없다. 그런 식으로 보면 야구를 안 한 사람이라도 데이터만 잘 계산해서 분석하는 사람이 감독이나 코치를 할 수 있을 게 아닌가. 지금까지 잘했던 성적 좋은 선수만으로 라인업을 구성하면 되는 것이니까 말이다.

하지만 선수 출신 전문가들은 이미 나온 정보만 갖고 보는 것이 아니라 지금 선수가 연습하는 모습이나 당일 경기장에 나온 선수들의 눈빛이나 기분 상태까지도 볼 줄 안다. 데이터만 갖고 평가하는 것과 현재 컨디션까지 읽는 것의 차이는 분명히 크다.

이런 것도 있다. 타자로 이야기를 하자면, 2군에서는 잘 치고 있지만 기술적으로 1군 투수의 공을 쳐내기엔 준비가 부족한 경우가 있는가 하면 반대로 2군에서 크게 뛰어나지는 않지만 1군 경기에 뛰더라도 충분히 적응할 수 있는 선수도 있기 마련이다.

또 39세의 타자가 골든글러브를 받고 그해 FA 계약을 해야 한다고 하면, 나이나 체력 등의 걸림돌이 있기 때문에 지금까지 해왔던 성적을 갖고 40~41세 시즌을 예상하는 게 현실적으로 어렵다. 결국 어린 선수들이 돈을 많이 받는 것은 '미래 가치', 앞으로 성장 가능성에서 나이 많은 사람보다 미래를 훨씬 긍정적으로 예상할 수 있기 때문이다.

그래서 세이버 메트릭스는 선수들의 기용 여부를 왈가왈부할 정도가 아닌 그저 참고자료에 불과하다. 연습하는 모습도 봐야 하고,

성실함도 볼 수 있는 것이다. 여러 가지가 평가 항목이 될 수 있다. 아직은 보완해야 할 문제도 많고, 더 많이 발전된 평가 지표들이 만들어질 것이며, 그것을 계산할 수 있는 좋은 방법들이 나올 수 있다고 전망한다.

이런 이유에서 선수는 세이버에 대해 전혀 몰라도 된다. 기록을 안다고 야구를 다 잘하는 게 아니기 때문이다. 어떤 기록이 좋은지 잘 아는 선수가 있다고 하더라도 그 선수가 해당 기록에서 좋은 성적을 내는 게 아니다. 지금은 결국 장타와 출루율 시대인데, 교타자들이 아무리 장타를 많이 치고 싶다고 해도 장타를 칠 수 있는 게 아니다.

결국 선수는 '내가 가장 잘할 수 있는 것'을 하는 것이고, 세이버는 해당 선수의 가치나 승리에 어떤 영향을 주는지 등을 보는 숫자에 불과하다. 좋은 선수인지 아닌지 평가할 때 세이버를 아는지, 모르는지에 대한 이야기는 할 필요가 없다. 난 심지어 후배들에게 전광판에 있는 기록조차 보지 말라고 이야기하기도 한다. 전광판에 있는 홈런 개수, 타점 개수 등이 머릿속에 들어가는 순간, 잡생각이 함께 들어가기 때문이다.

"우리는 프로야구 선수잖아. 프로는 결과를 내는 선수야. 여기서 결과를 마음대로 낼 수 있는 사람 있어? 아무도 없지! 그러니까 우린 좋은 과정을 거치는 사람들인 거야. 좋은 과정을 거치고 결과는 하늘에 맡기는 사람인 거지. 내가 노력한 만큼, 좋은 과정을 거쳤던 만큼의 결과를 받으면 감사할 수 있어야 해."

　이처럼 선수는 결과를 생각하면 안 되는 사람인데 세이버를 알아서 무엇을 할까. 어떤 결과를 만들려고 생각하는 순간, 이미 끝나는 것이다. 어쩌면 선수들이 세이버에 관해 잘 모르는 것이 더 좋을지도 모른다. 결론적으로, 세이버 스탯은 야구 팬들이 경기를 정말 재미있게 볼 수 있는 요소, 혹은 현장에서 선수 기용을 놓고 고려할 만한 자료 중 하나이지만, 그것보다 더 중요한 게 너무나 많다는 것을 강조하고 싶다.

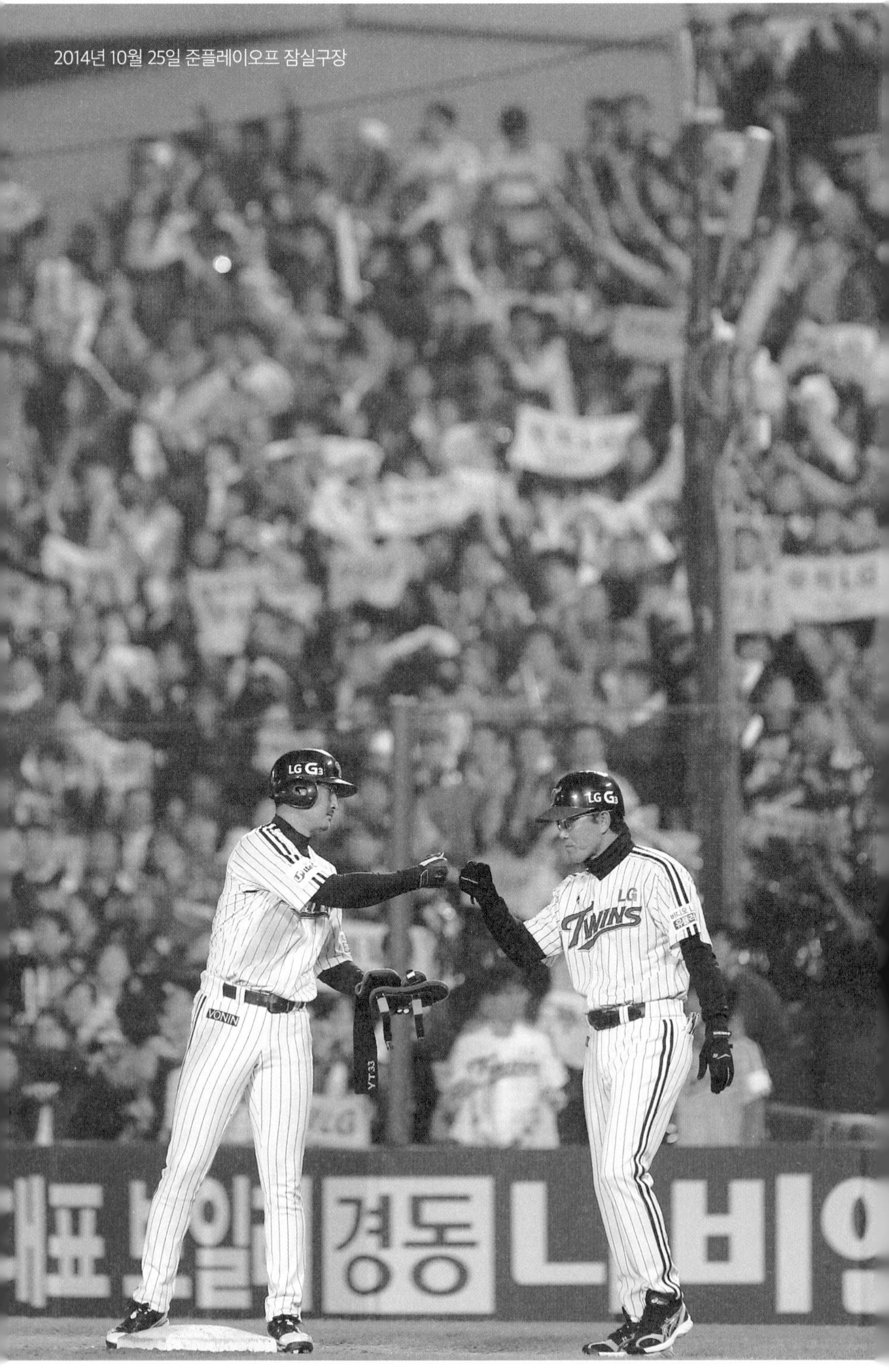

2014년 10월 25일 준플레이오프 잠실구장

내가 유일하게
지는 사람

원정 경기를 가서 호텔에 묵을 때 샤워를 하다 갑자기 타격과 관련해 영감이 떠오르면 뛰쳐나와 후배를 부를 때가 있었다. 반창고나 휴지를 가져와서 탁구공처럼 말아서 던져 달라고도 하고, 2010년 한여름에는 구단의 서인석 매니저를 불러 친구들과 함께 구리에 있는 2군 경기장으로 와달라고 부탁했다. 삼복 더위였지만 나를 좋아하는 일반 친구들 5명을 데리고 멀리까지 와주었다. 대낮 뙤약볕 아래서 매니저는 2시간 동안 배팅볼을 던져주고 나는 타석에서 팬티만 입은 채로 방망이를 돌렸으며, 그의 친구들은 외야에 서서 공을 받느라 녹초가 되었다. 지나가는 사람이 봤으면 미쳤다고 했을 광경이었다. 지금 생각해봐도 정상은 아니었다. 타격에 관한 어떤 영감이 떠오르면 정말 자다가도 일어나 스윙을 해야 직성이 풀렸다. 참고 버티고 노력하는 일은 누구에게도 밀리지 않을 자신이 있었다. 그런데 내가 유일하게 자신 없는 사람이 주변에 딱 한 명 있었으니 바로 아버지였다.

1997년, IMF가 왔을 때 한국은행이 가장 빠르게 영향을 받으면서 명예퇴직 희망 신청을 받았다. 한참을 고민하셨던 아버지는 "용택이는 이제 내가 따라다닐게"라고 말씀하시면서 은행에서 나오셨다. 그 이후, 아버지는 나의 '수행 비서'가 됐다. 아들이 조금이라도 편안하게 이동할 수 있도록 여름이 되면 30분 먼저 에어컨을 틀고, 겨울에는 30분 먼저 히터를 틀어 나를 차에 태울 준비를 하셨다.

대학교 1~2학년 때는 이런 일도 있었다. 당시에는 아버지가 모든 경기를 따라다니셨는데, 그날도 중요한 경기가 있어 경기장에 오셨다. 그런데 배가 너무 아픈데도 그걸 보시겠다고 경기장에서 참고 참다가 결국 응급실로 가셨다. 알고 보니 이미 맹장이 다 터진 상태였고, 복막염 진단을 받으면서 장기를 싹 다 꺼내서 씻고 다시 집어넣는 과정을 거쳐야 했다. 수술 들어갈 때가 되고 나서야 이 사실을 알았다. 아직도 이때를 떠올릴 때면 눈물이 나려고 한다.

아버지의 생활은 말 그대로 '검소함' 그 자체였다. 지금도 한 끼 드시는 데 1만 원 이상 쓰지 않으신다. 자가용도 내가 타던 차를 그대로 이어받아서 타신다. 옷 같은 경우에도 1년에 구두와 운동화 한 켤레씩 그리고 계절별로 옷 두세 벌이 전부였다. 가족을 위해서라면 뭐든지 어떻게든 다 구해주실 만큼 헌신적이었지만, 자신을 위해서는 개인 시간조차 아끼셨다.

지금도 아버지는 나를 위해 참 많은 것을 해주신다. 기력이 떨어지거나 힘 없어 보이면 장어를 직접 사다가 구워주신다. 아버지가 주방에 들어가는 유일한 시간이었다. 그리고 내 경기는 매번 꼭 챙겨보시는데 아버지 나름의 루틴을 정하셔서 한 번도 흐트러짐 없는 자세로 앉아 보셨다.

아버지와 어머니, 여동생까지 얼마나 나를 위해 인내하며 살아온 것인지 결혼하고 솔비를 낳고서야 깨달아갔다. 이제 연세가 많아지셔서 체력적으로는 많이 약해지셨을지 모르지만 정신력은 여전히 내 위에 계신다. 그렇게 가족들이 버팀목이 되어 주셔서 내가 야구에만 집중할 수 있었다.

당신이 없었다면
나도 없다

프로 스포츠 선수를 가족으로 둔 가정에서는 누구든지 다 공감하는 부분이 있다. 선수 한 명을 위해 모든 가족의 희생과 노력이 뒷받침 되어야 한다는 것을.

아버지는 퇴직하신 이후 나의 매니저가 되어 늘 데려다주시고, 경기도 함께 보시고, 모니터링도 해주셨다. 어머니는 내가 아무리 일찍 나가더라도 한 번도 아침밥을 거르게 하지 않으셨다. 대충 차려주시는 것도 아니라, 늘 갓 지은 따스한 밥에 국과 반찬까지 정갈하게 준비해놓고 깨우셨다. 그것이 얼마나 어려운 일인지를 부모가 되어서야 깨달았다. 두 분에게 아픈 날도 있고, 바쁜 일도 있으셨을텐데 언제나 1순위는 나였다. 밥상에 담긴 뜻도 그때는 몰랐다. 그냥 엄마니까 당연한 거라 생각한 이기적인 아들이었다. 하지만 그것은 내게 보내는 절대적인 응원이었고, 아들이 밖에 나가서 부상 없이 힘차게 운동하길 바라는 간절한 기도였다. 학교에서 돌아오면 항상 집에서 밝게 웃으며 "용택아, 잘 다녀왔어?"라고 맞이해주시는 것도 당연한 줄 알았다.

그런 어머니를 내가 몇 날 며칠 울린 적이 있었다. 대학생 때 턱 관절에 이상이 생겨 병원에 갔더니 일종의 구강암으로 종양이 생겼다고 진단받았다. 6개월 동안 계속 입원과 퇴원을 반복하며 수술도 하고 치료를 이어갔다. 치료가 끝나던 날에도 워낙 재발률이 높으니 계속 조심해야 한다는 의사 선생님의 당부가 있었다.

병원에 있을 때, 어머니는 항상 괜찮다고 하면서 씩씩하게 웃으셨고 한 번도 내게 약한 모습을 보이지 않으셨는데 나중에 동생에게 전해 들은 바로는 옷 갈아 입으러 가시거나 집에 잠시 가실 때마다 엄마는 매일 우셨단다. 정말 너무 죄송했다. 그 이후 다시는 엄마를 울리지 않겠다고 스스로 약속했는데 크고 작은 부상으로 나도 모르게 어머니를 울렸을 것 같아 마음 아프다.

하나밖에 없는 동생 혜진이에게도 미안하고 고마운 것이 많다. 두 살 차이 나는데 늘 부모님은 열심히 공부하는 둘째보다 운동하는 맏이에게 더 신경 쓰실 수밖에 없었다. 모든 스케줄이 자기보다 오빠가 우선이었으니 섭섭할 만도 한데 내게 한 번도 내색하지 않았다.

동생이 중학교 2학년 때, 나 없는 사이에 "아빠와 엄마한테 자식은 오빠밖에 없는 것 같아요. 나는 뭐예요?"라고 울면서 따졌다는데 한창 사춘기였다 해도 그 착한 아이가 얼마나 섭섭했으면 이렇게까지 얘기했을지 그 마음 충분히 알 것 같아 너무 미안하다.

이런 방황기가 있었는지도 모를 만큼 동생은 처음부터 끝까지 나를 잘 챙기는 착한 아이였다. 내가 대학교 2학년 때 친구들과 술 마시고 밤 늦은 시간 집에 들어갔는데 부모님은 다 주무시고 계셨다. 고3 수험생인 동생에게 라면 끓여 달라고 했더니 공부하느라 피곤할 텐데도 두말없이 달걀까지 넣어서 맛있게 끓여주었다. 입장 바꿔 생각하면 정말 짜증나고 화가 날 법도 한데 동생은 정말 대단하다. 어디 한 번뿐이랴. 내가 기억하지 못하는 섭섭한 일이 꽤 있었을 텐데 동생은 다 들어주고 챙겨주었다. 누나같은 내 동생, 선수 생활 은퇴했으니 이제 내가 오빠답게 더 챙기고 의지처가 되어 주고 싶다.

내 아내 한진영 씨에게도 참 많이 고맙고 미안하다. 아내는 정말 자유로운 사람이다. 처음 소개팅한 날, 두 시간은 늦게 나왔다. 그것도 주선한 친구들이 계속 전화해서 억지로 끌려 나온 것이었다. 왜 늦었냐는 질문에 야구를 잘 몰라서 내가 누군지도 몰랐고, 인터넷 검색으로 사진을 보았는데 자기 스타일이 아닌 것 같아 나오기 싫었다고 얘기할 정도로 참 솔직한 사람이다. 약속 시간 두 시간이나 늦는 사람은 대체 어떤 사람인지 궁금해서 난 기다렸고, 첫 만남에서 난 그녀에게 반했다. 그렇게 시작한 우리는 27살에 결혼했다.

야구도 모르고, 더욱이 야구선수 아내로 산다는 것이 얼마나 어려운지 모른 채 시작한 그녀는 정말 많이 힘들었을 것이다. 늘 생활 패턴이 다르니 경기 있는 날은 서로 얼굴 맞대고 대화하기 어려웠다. 나는 퇴근이 늦고, 집에 오면 씻고 다음 경기 준비를 위한 루틴이 시작되니 혼자 있는 시간이 많았다. 투수 분석과 타자 분석, 나의 타격 폼까지 연구하다 보면 훌쩍 새벽 3시가 되고 10시쯤 일어난다. 아내는 아침 일찍 일어나 딸의 스케줄에 맞춰 움직여야 하니 한 가족이지만 시차가 있는 집에 사는 것과 마찬가지라고 보면 된다. 또 휴일이나 명절에 더 바빠지는 남편을 둔 탓에 명절도 휴일도 혼자 애써야 하는 부분이 많아 힘들었다. 자유롭고 솔직한 성격이기에 더 참고 견뎌야 하는 일도 많았다. 그렇다고 그녀가 바뀐 것은 아니었다. 자신의 장점을 살려, 늘 생각 많고 정한 루틴은 꼭 지켜야 하며 예민한 내게 긍정 마인드를 심어주었고, 성적이 안 좋거나 경기에 지더라도 모르는 척했다.

처음에는 아예 모르는 줄 알았다. 내가 하는 경기에 관심도 없는 줄 알았다. 딸 솔비도 내 앞에서 야구 이야기를 안 꺼내기에 우리 식구들은 야구를 모른다고 생각했다. 그런데 어느 날 내가 지난 경기 이야기를 했는데 아내는 다 기억하고 있는 게 아닌가? 은퇴 후 솔비의 휴대폰으로 LG 경기가 있다는 알람이 오는 것을 보고 그제서야 알았다. 내 마음을 편하게 해주려는 가족들의 큰 배려였다는 것을.

어려서부터 지금까지 난 혼자 야구한 것이 아니었다. 부모님과 동생의 끊임없는 지원과 지지가 있었고, 결혼해서는 아내와 딸의 배려와 응원이 나를 만들어냈다. 야구선수로서 은퇴할 때 우리 가족 모두 은퇴를 한 셈이다. 내가 받은 박수보다 더 큰 박수를 받아야 할 사람들이다. 이들이 아니었으면 분명 여기까지 못 왔을 것이다.

고맙습니다. 미안합니다. 그리고 사랑합니다.

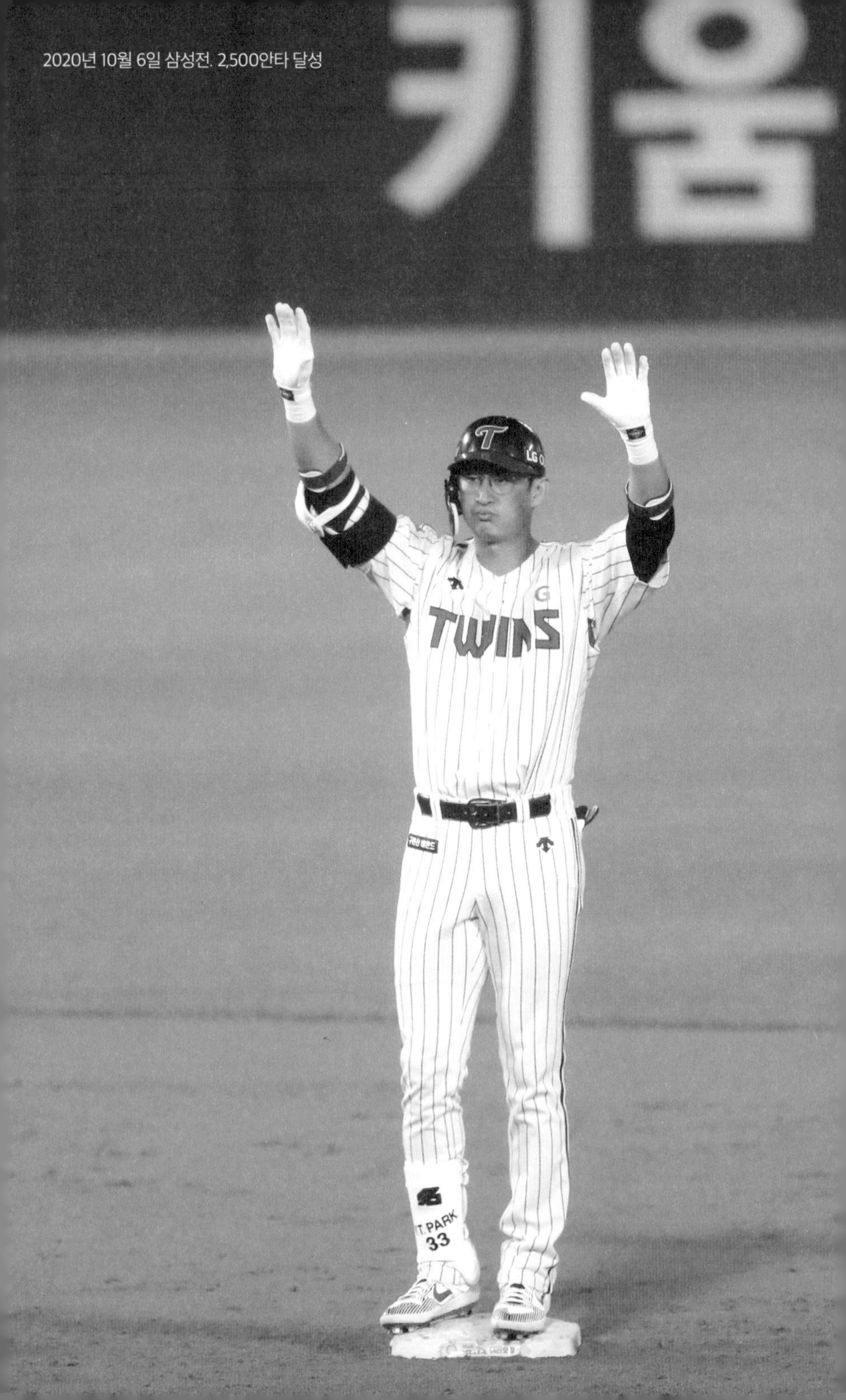

2020년 10월 6일 삼성전. 2,500안타 달성

나의 성적을
내가 매긴다면

2019년과 2020년 두 시즌을 치르고 은퇴를 하기로 결심했다는 사람 중에 내 이름이 언급되기 시작했다. 3년 만에 은퇴투어를 치를 수 있는 선수로, 프랜차이즈 스타로서 LG 트윈스와 리그를 대표하는 외야수였기 때문에 자격이 있다는 이야기가 나왔다. 물론 "박용택이 무슨 은퇴투어를 할 자격이 있냐"며 반대하는 의견도 적지 않았다.

은퇴투어 소식을 듣자마자 가장 먼저 든 기분은 '황당함'이었다. 은퇴투어는 생각도 안 하고 있었고, 그저 부상에서 벗어나 1군에 올라가기만을 기다리면서 재활에만 몰두하고 있던 나로선 황당하기 그지 없었다. 곧바로 홍보팀에 물어보았더니 홍보팀에서는 며칠 전에 마지막 시즌을 치르고 있는 박용택이 은퇴투어를 해야 한다는 식으로 기자의 생각을 담은 기사가 하나 나왔고, 그 기사에 엄청난 양의 댓글이 달리기 시작했다고 이야기했다.

작은 기사로 시작되었지만 짧은 시간 동안 큰 이슈가 되다 보니 그 이후 후속 기사까지 여러 개가 쏟아지면서 온라인이 후끈 달아오른 것이었다. 어떻게 보면 시기상으로 포털사이트 댓글창 폐지가 확실시되기 전이었기 때문에 마지막으로 네티즌들이 댓글을 남길 수 있는 야구계 최대 이슈였고, 그 대상이 바로 나였다.

이천에서 재활하던 내게 스포트라이트가 집중되자 많이 화가 났다. 그저 재활에 집중해서 마지막 시즌을 후배들과 함께 잘 마무리하고 싶은 마음이었기 때문이다. 구단에서 은퇴투어를 먼저 제안한 것이 아니기에 정리하기 위해 나서는 게 불편하다는 입장을 전해왔고, 나 또한 은퇴투어를 입 밖으로 꺼낸 적이 한 번도 없기에 어이가 없었지만, 구단과 일정을 조정해서 8월 11일 화요일에 잠실구장에서 취재진 앞에서 이야기를 하기로 했다.

태어나서 지금까지 내게 찾아온 가장 많은 수의 카메라와 기자들을 그때 처음 보았다. 잠실야구장 2층 인터뷰실에 들어갔는데, 그 순간 카메라 플래시가 여기저기서 터졌고 방송사 카메라가 보였다. 검찰 포토라인에 서는 것 같은 느낌이었다. 내 눈으로 본 방송사 카메라만 일곱 여덟 곳이 보였고, 내가 모르는 얼굴도 너무 많았다.

은퇴투어라는 게 매우 영광스럽지만, 나에게는 그게 중요하지 않다는 이야기를 솔직하게 처음부터 그대로 밝혔다. "은퇴투어는 말 그대로 내가 원정 경기를 가서 홈 팀 팬의 축하를 받고, 홈 팀 쪽에서 시간을 따로 내서 원정팀 선수에 대해 축하를 표하는 마음이 있어야 하는데 지금 분위기가 그런 게 아니잖아요. 그러면 저는 그 정도 선수가 아닌 겁니다."

"제가 은퇴투어를 하면 안 되는 선수, 모자란 선수 등의 의견이 있겠지만 우선 부정하는 것과 인정하는 게 있습니다. 2009년 타격왕 당시의 논란들에 대해 아직도 안 좋은 마음을 갖고 계시다는 것은 인정합니다. 하지만 은퇴투어를 할 급이냐는 의견에 대해선 좀 속상하던데요. 19년간 프로야구에서 선수 생활을 하면서 가장 많은 경기를 나가서 가장 많은 안타를 친 타자인데, 그게 급이 안 되면 누가 급이 되는 거예요? 은퇴투어도 OPS로 줄 세워서 해야 하나요? 임팩트가 없다고 하는데, 이런 게 프로야구 선수로서 가치가 있지 않을까요? S급의 임팩트가 없더라도 할 수 있는 게 아닌가요?"

결론적으로, 시즌 끝날 때까지 은퇴투어를 하지 않겠다고 정리했다. 내 입으로 은퇴투어를 하지 않는다고 말하는 것도 웃기긴 했는데, 은퇴투어 관련 기사가 계속 쏟아졌기 때문에 안 하는 게 맞다고 이야기했다. 그런 생각을 해주신 것만으로도 감사하고, 마음만 받겠다고 표현하면서 기자회견을 마무리했다.

기자회견이 진행된 이후 KIA 타이거즈 조계현 단장을 비롯해 많은 구단에서 '은퇴투어는 모르겠지만 여기저기 홈 팀 측에서 행사를 마련하겠다'는 의견을 전해왔다. 그렇게 난 광주 KIA전을 시작으로 꽃다발 증정과 양 팀 선수단의 단체사진 촬영으로 이뤄지는 '비공식'

은퇴투어를 치렀고, 가는 현장마다 팬들께서 박수를 보내주셨다. 본의 아니게 이슈의 중심에 서게 되면서 구장을 돌며 원정 팀 선수들과 팬들의 박수를 받았는데, 그때마다 야구선수를 하면서 후배들에게 축하를 받고 떠날 수 있어 고맙고 영광스러웠다. 이것으로 충분했다.

논란을 통해 19년 야구 인생을 돌아볼 시간을 가졌고 은퇴투어라는 행사를 가만히 생각해보게 되었다. 은퇴투어는 시상식이 아니다. KBO에서 주최하는 공식 행사도 아니고 축제이다. 그동안 수고했다는 격려이고 제2의 인생을 잘 준비하라는 응원의 자리라고 생각한다. 오랫동안 함께 경기를 뛴 상대 팀 선수에 대한 애정을 담은 굿바이 인사라고 생각한다. 그렇게 생각한다면 많은 선수가 함께했으면 좋겠다.

박용택! 참 수고 많았다. 19년 동안 프로야구 선수로서 노력에서만큼은 누구에게도 지지 않을 만큼 최선을 다했고, 작은 실수는 있었지만 성실하게 선수의 본분을 지켰잖아. 네가 제일 잘 알잖아. 그럼 된 거야. 잘했다. 칭찬해!

2018년 6월 23일 한국프로야구 최다안타 기록 갱신
2319 안타 친 후 4회말 팬들께 인사

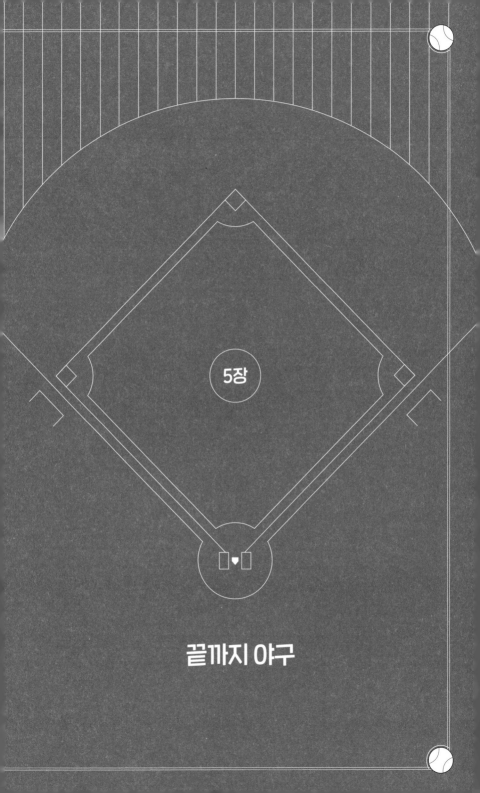

5장

끝까지 야구

포기가 아닌
도전

프로선수 생활 19년 동안 야구 때문에 포기한 게 무엇이냐는 질문을 참 많이 받는다. 그런데 아무리 생각해봐도 포기했던 것은 없던 것 같다. 물론 일반 직장 다니는 친구들처럼 일 끝나고 만나서 꽉 조인 넥타이를 느슨하게 풀고 술 한잔하는 즐거운 시간을 자유롭게 가질 수는 없었지만, 대인관계가 굳이 술 약속을 많이 만든다고 돈독해지는 것도 아니고, 다음 날 경기를 뛰어야 하니까 컨디션 관리를 위해 술을 자제한 것이지, 마실 수 있을 때는 마셨으니 그것을 포기라고 볼 수도 없다. 옷을 좋아해서 쇼핑도 하고, 시간 날 때는 책도 보고 영화도 보고, 가족들과 여행도 다녔으니 아쉬움이 남지는 않는다.

물론 가족들에게 미안한 것은 있다. 지방 경기가 많아 집에 들어오지 못한 날도 많았고, 퇴근 시간이 늦으니까 아이에게 가장 손이 많이 가는 유년 시절을 함께하기 어려웠던 것이다.

그래도 사랑을 많이 표현하려고 애썼고, 아내보다는 내가 더 꼼꼼했기에 은행 업무나 스케줄 관리, 집안 대소사 챙기는 것도 발 벗고 나서서 참여하려고 노력했다.

선수 시절, 홈런왕을 꿈꾸었지만 잠실구장을 홈구장으로 쓰는 LG 소속 선수로서는 다른 팀보다 불리한 조건을 안고 뛰어야 했다. 잠실구장은 타자에게 절대적으로 불리한 구장이다. 다른 구장이면 넘어갈 타구들이 펜스 앞에서 잡히곤 한다. 좌우 중간 거리는 메이저리그 기준으로도 최상위권에 속할 만큼 크다. 그만큼 잠실구장에서의 홈런은 하늘의 별 따기였다. 타석에서 보면 마운드도 높아보이고 외야도 오르막이라 언덕에 있는 기분이었다. 아쉬움이 남는 홈런왕의 꿈은 2004년 사직구장에서 열린 올스타전에서 올스타 홈런왕 레이스 '왕중왕' 전에서 거둔 승리로 만족하기로 했다.

올스타전이 시작되기 전에는 기자 인터뷰에서 올스타 홈런왕이 되겠다는 공언까지 했다. 많은 기자는 내가 왜 이런 이야기를 하는지 의아해했지만 난 약속대로 양준혁, 마해영, 박재홍 선수를 제치고 클리프 브룸바와의 결승에서 1대 1 대결을 펼쳐 이겼다. 정규 시즌에 이룰 수 없었던 홈런왕 꿈을 이렇게라도 이룬 것이다.

잠실구장은 홈런 파크 팩터가 0.75퍼센트 구장으로 1을 기준으로 타 구장보다 25퍼센트나 홈런이 적게 나오는 구장이다. 그런 구장을 홈으로 쓰고 있는 팀에 소속되어 있으니 어쩌면 처음부터 말도 안 되는 개꿈이었을지도 모른다. 하지만 만약에 야구하는 목표가 홈런 왕이어서 죽기 살기로 그 자리를 차지하고 싶었다면 소속팀을 옮겨 가능성을 높였을 것이다. 그러나 내게 진짜 중요한 것이 홈런왕은 아니었기에 궤도를 수정했을 뿐이다. 물론 쉽게 놓아버린 것은 아니었다. 할 수 있는 한 잠실구장의 벽을 넘기 위해 무지하게 노력했다. 경기가 끝나고 피곤이 몰려와도 1시간씩 나 홀로 남아 스윙 연습을 했고, 잠실에서 홈런 치는 법을 익히기 위해 나만의 타법을 연구했지만 물리적 한계를 뛰어넘을 수 없었다.

그렇다고 노력이 허사가 된 것도 아니었다. 장타자가 되고, 힘을 키우는 데 그 시간은 분명 도움이 되었다. 성적이 안 좋을 때도 포기하지 않았다. 20대 시절을 돌아볼 때 당시 난 스스로 공공연히 '유망주'가 아닌 "노망주"라는, 자기비하로 들릴 수 있는 표현을 많이 썼다. 20대까지만 해도 타격보다는 도루를 비롯한 주루 플레이에 장점이 있는 선수로 알려져 있었다. 성적도 2할대로 그저 그런 선수로 팬들의 관심에서 점점 멀어지는 것을 느꼈다.

하지만 크게 걱정하지 않았다. 남들이 보면 미쳤다고 할 만큼 타격폼을 100번 이상 바꿨고, 팬티만 입고 몇 시간씩 연습했으며, 내가 만든 루틴을 지켜나갔다. 그 시간이 차곡차곡 쌓여 LG 유니폼을 입고 데뷔해서 19년을 뛰며 은퇴할 때까지 타율 0.308, 2504안타, 213홈런, 1192타점이라는 감사한 성적을 남길 수 있었다.

내가 가장 원하는 은퇴식은 생애 첫 한국시리즈 우승과 함께하는 것이었다. 한국시리즈에서 우승하고 헹가래 받으며 은퇴하는 꿈을 꿨다. 하지만 원한다고 다 이룰 수는 없는 것이다.

선수로서의 도전은 끝났지만 내 삶의 도전은 이제 출발점에 서 있다. 난 이미 알고 있기에 겁나지 않는다. 포기하지 않고 최선을 다한다면 처음에 꿈꿨던 자리는 아닐지라도 나한테 딱 맞는 내 자리에 오를 수 있음을.

2016년 8월 11일 NC전 2,000안타 달성 후 인터뷰

감독님들께
고맙습니다

한 팀에서 19년을 보내다 보니 김성근, 이광환, 이순철, 양승호^{대행}, 김재박, 박종훈, 김기태, 양상문 그리고 류중일 등 감독 대행을 포함해 9명의 감독님과 야구를 하게 되었다. 팀 성적이 좋았더라면 이보다는 적게 만날 수도 있었겠지만, 팀 성적이 좋지 않을 때가 꽤 있어서 계약 기간을 다 못 채우고 그만두신 경우가 있어서 더 많이 만난 부분도 있었다. 나와 성격이 잘 맞는 감독님도 계셨고, 안 맞았던 분도 계셔서 힘들었던 때도 분명 있었다. 스타일도 다 조금씩 달라서 어느 정도 적응 기간이 필요했다. 그런데 이렇게 선수 생활을 마치고 정리의 시간을 가지며 돌아보니 어떤 어른이 되어야 하고, 어떻게 내 길을 만들어 나아가야 할지 깨닫는 데 하나같이 다 도움이 되었고 필요한 시간이었다. 팀 성적이 좋았더라면 더 오랜 시간을 보내며 그분들의 많은 경험과 관리 능력을 전수받을 수 있었을 텐데 그러지 못한 것이 못내 아쉽다.

처음 LG 유니폼을 입고 만난 김성근 감독님은 '야구 11단'으로 야구 빼고는 아무것도 모르시는 분이었다. 마음에 들 때까지 타순표를 새로 쓰고 찢기를 반복하며 밤을 지새우고, 선수들을 독려하는 것도 그만큼 열정적이셨다. 그다음에 만난 이광환 감독님은 한국 야구를 바꾼 사람이었다. '5선발'이라는 틀을 잡고, 투수 보직을 확실하게 구분한 분이었다. 선구자 같은 역할을 하셨다. 이순철 감독님은 야구를 잘 알고, 현명하고 아는 것이 워낙 많으시다 보니 후배들이 못하는 것을 답답해하셨다. 김재박 감독님은 좋은 선수 만나면 시너지를 일으키는 데 장점이 많은 스타일이셨다.

그리고 박종훈 감독님이었는데, 당시 두산 '화수분 야구의 산실'이라고 해서 옆집을 벤치마킹하는 차원에서 영입했다. 박종훈 감독님은 부임하자마자 몇몇 선수들이 겨울에 회복 차원에서 재활캠프가 있었는데, 내게 주장을 제안하셨고, 처음에는 FA를 앞둔 시즌이었기 때문에 몇 차례 고사했는데 끝까지 강권하시고 전년도 타격왕이기도 했기에 받아들일 수밖에 없었다. 온몸을 누르는 주장의 무게를 배운 시간이었다.

김기태 감독님은 많은 감독님 중에서도 상남자였다. 기태 형이라는 호칭이 더 익숙할 정도다. "야, 형만 믿어. 멋있게 한번 해보자. 나도 너희를 믿으니까 그런 만큼 고참들도 후배들을 믿어." 이렇게 선수 전체를 포용하려고 하셨다. 그 결과로 부임 2년 차였던 2013년 11년 만에 정규 시즌 2위로 가을 야구를 결정짓던 날, 눈물을 흘렸던 날을 잊지 못한다.

류중일 감독님은 부처 같은 분이었다. 그 정도로 선수, 코치 그 누구에게 스트레스를 1도 주지 않았다. 나라면 감독님처럼 모든 걸 혼자 안고 가기 어려웠을 것이다. 나중에 들었는데 감독님이 우리 팀을 맡는 동안 소주 1병씩 드시고 퇴근하셨다고 한다. 그 정도로 감독은 스트레스를 많이 받는 직업이다.

많은 분들이 내 은퇴 후 진로로는 현장에 복귀하는 것을 많이 권하셨다. 하지만 어릴 때 뭘 모르고 야구를 시작했을 때보다 더 많이 생각하고 결정할 문제였다. 야구는 축구와 농구 등 다른 종목 스포츠보다 감독이 어떻게 선수를 기용하고, 작전을 써야 하는지에 대한 의견이 다르고, 분석도 많이 해야 하기에 참 많은 말이 오간다. 그래서 야구를 보는 누구나 감독이 될 수 있는 스포츠이기도 하다. 한 경기당 투수들이 보통 300~320구 정도를 던지는데, 그사이에 참 많은 일이 벌어진다. 300번 넘는 투구 동안에 투수가 선택한 구종이나 코스 등 많은 사람이 마치 감독이 된 것처럼 이야기할 수 있다. 공격과 수비까지 합치면 한 500번 정도 감독의 자리에서 따져볼 수 있다. 그들보다 더 한수, 한수 앞서 봐야 하고, 경기 전체를 읽어야 하며, 선수들과 소통하고, 멘탈까지 끌어올려야 하는 것이 감독과 코치의 역할이다.

아직은 내가 그 역할을 할 수 있을까라는 질문에 물음표 투성이다. 하고 싶은 게 참 많다. 스포츠 심리 쪽으로 공부도 더 하고 싶고, 야구계를 더 넓게 보고 싶고, 지금껏 해보지 못한 경험들이 워낙 많기에 가리지 않고 주어지는 대로 하고 싶다. 나는 자기객관화를 잘하는 사람이라 내가 무엇을 잘하고, 무엇에 약한지 너무도 잘 안다. 생각이 너무도 많기에 스트레스를 참 많이 받을 것이다. 그러므로 현장을 벗어나 조금 더 넓고 깊게, 더 많이 보고 배운 다음에 그때 다시 생각해보고자 한다. 하지만 끝까지 어떤 자리에서건 야구를 위하고, 야구인으로 살고 있을 것이란 약속은 할 수 있다.

2020년 12월 10일 일구상 시상식. 일구대상 수상

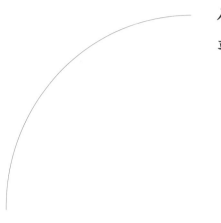

사랑하는
팬의 마음

지금껏 가장 기억에 남는 팬은 '달마 아저씨'였다. 그는 신체장애로 몸이 불편하신데도 내가 신인일 때부터 매일같이 등번호 33번 유니폼을 입고 야구장에 오시는 열렬한 LG 팬이자 나의 팬이었다. 팬들 사이에서는 벌써 '달마 아저씨'라는 별명으로 널리 알려진 분이었는데, 나보다 열 살 이상 많으셨고 정이 넘치는 분이셨다.

그런데 어느 순간부터 매일같이 잠실야구장에 오셨던 '달마 아저씨'가 보이지 않기 시작했다. 늘 야구장에서 "박용택! LG! 파이팅!"을 외치며 누구보다 신명나게 응원도 하시고, 팬들과 어울리시면서 분위기를 띄워주던 분이었다. 경기장에서 매번 뵙던 분이 안 보이니 걱정도 되고 궁금하기도 했다. 어느 날 경기가 끝나고 라커룸에 들어와서 휴대전화를 보니 일면식도 없는 팬이 문자로 '달마 아저씨'의

부고 소식을 전하는 연락이 와있었다.

곧바로 전화를 걸어 병원 위치를 파악했다. 집으로 돌아와 검은 정장으로 갈아입고 병원으로 향했다. 나를 보고 상주들이 깜짝 놀라셨다. 오랜 지병인 당뇨 합병증과 췌장염으로 돌아가셨다고 전하셨다. 그가 되게 좋아할 것이라며 영정 사진 앞에서 단체로 가족사진을 찍는, 흔하지 않는 장면이 연출되었다. 장례 절차를 마칠 때에는 사인 배트를 보냈던 기억이 있다. 그분이 베풀어주고 보여주신 사랑에 비하면 아무것도 아니지만 감사했던 마음과 뵙고 싶은 그리움을 담아 표현하고 싶었다.

이보다 더 마음 아픈 만남도 있었다. 40년의 KBO리그 역사상 30승을 선착하고도 가을야구를 하지 못한 유일한 팀, 2011년의 LG 트윈스였다. 그때 내가 주장이었고, 선수가 팬들 앞에서 청문회를 받는 초유의 사태가 벌어진 시기였다.

2011 시즌 초반 선발 투수의 한 축을 맡았던 박현준이 센세이션을 일으켰고, 최고참이었던 병규 형 역시 상승세를 이어가고 있었다. 나 역시 대부분의 타격 지표에서 상위권에 오르는 등 그때만 해도 전반적으로 팀 분위기가 좋았다. 실제로 KBO리그 내 8개 구단 중에서 가장 먼저 정규시즌 30승을 달성하면서 포스트시즌은 물론이고 17년 만의 한국시리즈 우승에 대한 팬들의 꿈도 조금씩 구체화되던 때였다. 2010년까지만 하더라도 정규시즌 30승에 선착한 팀이 포스트시즌 진출에 실패한 사례는 단 한 번도 없었다.

그러다가 30승 선착 이후 팀의 부진이 길어지기 시작했고, 팀 순위가 한 단계씩 내려가면서 기대감에 가득 찼던 팬들이 분노를 표출하기 시작했다. 아직도 기억에 남는 장면이 있다. 어느 날, 원정길에 오르기 위해 버스를 타러 가고 있었는데 잠실야구장 중앙 출입문 앞에 300여 명 정도의 팬들이 입구를 막아선 채 선수들을 기다리고 있었다. 그 당시 선수 한 명 한 명이 버스를 탈 때마다 온갖 험한 말들이 비수가 되어 꽂혔다.

그날 박종훈 감독과 김기태 수석코치가 달걀과 맥주캔을 맞기도 했다. 홍보팀 등 구단에서는 분위기가 안 좋으니 나가지 말라고 만류했지만, 나는 성적이 나쁜 건 사실이지만 일부러 저지른 죄는 아니기에 그냥 버스에 오르기로 했다. 아니나 다를까, 수많은 팬들이 주장인 내가 나오자 욕설을 쏟아냈다. 난 가방을 버스에 싣고 팬들 속에 둘러싸여 이야기를 했다.

"우리 선수들 정말 열심히 하고 있고, 최선을 다하고 있습니다…."

팬들이 흥분하여 온갖 욕을 하는 상황에서도 차분하게 이야기를 이어가고 있었는데, 그때 중학생 정도의 어린 여학생이 "야, 이 XXX야, XXXX야"라며 나서서 욕을 내뱉었다. 하지만 이내 마음을 가라앉히고 "자, 팬들께서 이렇게 행동하시는 게 선수들에게 도움이 되지 않고 오히려 부담이 됩니다"라는 말을 했는데 앞뒤 정황은 다 빠지고 내가 했던 '부담이 된다'는 그 말 때문에 내 별명에 '부담택'이 추가됐다. 그 이후 모든 화살은 나를 향했고 욕은 두 배, 세 배 이상 쏟아졌다. 팬들 사이에서는 "주장이라는 사람이 팬 때문에 부담이 돼 야구를 못한다"라고 했다는 많은 비판을 받아야 했다.

그 이후부터 잠실 경기가 끝나고 퇴근할 때면 수백 명의 LG 팬들이 출입문에서 선수들이 나오기만을 기다렸고, 일부 선수들은 인파를 피해 다른 출입구로 빠져나갈 수밖에 없었다. 거기까지 따라오면서 욕을 하는 사람은 별로 없었고, 오히려 그쪽에서 만났던 팬 분들은 비난과 욕설보다 격려와 응원을 보내주시면서 선수들에게 힘을 불어넣었다.

그런 상황에서 기름을 부은 사건이 하나 있었다. 어떤 잡지에 유명 모델과 선수단이 함께 찍은 화보 사진이 실린 것이다. 화보는 성적이 나빠지기 전에 미리 촬영한 것인데 정작 잡지는 7, 8월 한여름에 나왔고, 그땐 팀 성적이 수직 낙하한 이후였다.

잡지가 출간되자 안 그래도 좋지 않던 팀에 대한 비판 여론이 더욱 거세졌다. 프로선수들이 훈련은 안 하고, 잡지 촬영 등의 외부 활동이나 하며 놀고 있다는 것이다. 처음에는 그저 당시 상황이 원망스럽기만 했다. 나는 그런 사람이 아닌데, 자꾸 나쁜 이미지로 얼룩지는 게 너무 싫었다.

그 일이 벌어지고 원망이 조금 사그러들자 이 시점에서 가장 힘든 게 무엇인지 또 지금부터 내가 해야 하는 일이 무엇인지 생각했다. 인생에서 비겁하게 도망치는 것을 가장 싫어했는데, 나를 그런 사람으로 보는 시선부터 바꾸어야겠다고 생각했다. 긴 시간을 두고 천천히 인정을 받겠다는 다짐을 했던 것이다.

그런 이슈가 있고 난 후, 난 그런 사람이 아니라는 것을 팬들에게 적극 보여주고 싶었다. 결국 10년 연속 3할을 치면서 실력으로 보여드리고, 더욱 성심성의껏 팬들을 대했다. 기회가 될 때마다 2009년 타격왕 정면 승부를 피했던 선택은 어리석었다고 계속 진심으로 사과했고, 그것에 그치지 말고 고마운 마음을 표현할 방법을 고민했다.

어쩔수 없이 사인을 거절해야 할 때도 "아이, 지금 시간이 없어서 얼른 가야 돼요. 다음에 꼭 해드릴게요. 3개, 3개" 이런 식으로 이야기하면 팬들도 이해하며 좋아해주셨다. LG 구단에서 개최한 구단 행사 '러브 페스티벌' 때는 행사 구성상 원래 팬들마다 배정된 조에 속한 선수들에 한해서만 사인을 받을 수 있었고 한두 시간 안에 행사가 끝났다. 그때 내 사인을 받고 싶은 팬들이 몰려왔고 너무나 많은 인파가 몰렸다.

"자, 그러지 말고 한 줄로 서면 제가 다 사인해 드리겠습니다." 팬들 앞에서 난 이렇게 말했고, 당시 행사 장소였던 잠실 야구장 그라운드에는 긴 줄이 늘어섰다. 경호원들이 가야 한다고 재촉했지만, 나는 그분들에게 죄송하다며 먼저 가서도 된다고 말씀을 드리면서 대기하고 있던 팬들의 사인 요청을 모두 응했다. 러브 페스티벌 이후로는 욕먹을 만한 것에도 반발이 크게 일어나지 않았다. 팬들의 마음이 바뀌기 시작한 것을 느꼈다.

선수가 팬들의 소중함을 분위기가 좋은 때는 잘 모를 수 있다. 특히 어릴수록 더 그럴 것이고, 어쩌면 당연히 우리를 응원해주는 존재라고 생각될 때도 있었다. 그러나 어려운 일을 겪고, 나이를 한 살 한 살 먹고, 특히 2년 내내 코로나19를 겪으면서 절실하게 느꼈다.

처음에는 코로나19로 무관중 경기로 개막을 했는데, 도저히 야구를 하는 것 같지 않다는 생각이 들었다. 후배들도 그렇고 모든 선수들도 한 달 동안 그냥 '연습경기' 하는 느낌이라는 것이다. 프로야구가 프로야구 같은 맛이 없었다. 끝내기를 쳐도 열광해야 하는데, 짜릿한 순간에 뭔가 올라오는 감흥이 없었다.

여름이 다가올 때, 관중 입장이 부분적으로 허용됐고, 전체 수용 인원의 10%만 입장하는데도 '그래, 이게 프로야구지'라는 느낌이 들었다. 처음에는 육성 응원 금지에 어색한 팬들이 마스크를 쓴 채로 소리도 치고 했는데 그런 것들을 들으면서 '아, 나 프로야구 선수지'라는 생각을 했다.

은퇴 후 해설할 때도 마찬가지다. 10%, 30% 혹은 지방에 따라 50%까지 구장 또는 시기마다 수용 인원에 차이가 있었는데, 해설을 하는 톤과 '흥'이 완전히 달라진다는 것을 느꼈다. 관중을 10%만 수용하고 비교적 조용하게 진행될 때면 내 목소리 톤도 차분했는데, 수용 인원 50%에서 홈런이 나오는 순간에는 목소리가 한껏 올라갔다.

팬들의 마음을 다 읽지 못해서 참 죄송했다. 사랑이 차고 넘치다 보니 성적이 나쁘면 당연히 화가 났던 것이고, 팬과 구단 모두 가족이었는데 처음에는 그 생각을 하지 못했다. 팬이 있으니까 선수단이 있다는 생각을 머리로는 알았지만 가슴으로 받아들이는 데 시간이 걸렸다. LG는 첫사랑을 배신하지 않고 오래오래 함께해준 '찐팬'들이 많은 팀이다. 잘할 때는 응원도 뜨겁게 하고, 잘못할 때는 함께 아파하고 쓴소리도 아끼지 않는 열정적인 분위기다. 그분들의 이름 한 분 한 분을 옮길 수는 없지만 지금껏 변함없는 여러분의 사랑에 감사하고 나도 당신의 팬이라고 꼭 말해드리고 싶다.

<노는브로> 촬영 중

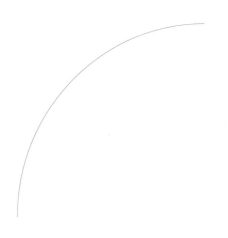

해설위원으로
시작

2020년 준플레이오프 2차전이 열린 11월 5일, 현역으로 마지막 경기를 끝낸 그날 밤에 수백 개의 메시지가 도착해 있었다. 그중 하나는 현재 하이라이트 프로그램 〈아이러브베이스볼〉에 함께 출연 중인 KBS 김도환 기자가 보낸 것이었다.

"용택아, 정말 수고 많았어. 19년간 고생 많았고 '알럽베' 한번 나와라." 경기가 끝난 지 얼마 지나지 않은 시간, 전화를 받았던 난 "형, 끝난 날 정말 이러기 있어?"라고 장난처럼 투덜댔고, 길게 통화하기 어려워 짧게 끝냈다. 이튿날 다시 통화하면서 〈아이러브베이스볼〉 출연에 대한 이야기가 오갔다. KBSN 측에서 2021 시즌을 앞두고 해설위원으로 날 영입할 생각이라고 했다. 도환이형과 통화하며 간단한 이야기만 들은 상태에서 방송에 출연했고, 마포구 상암동에 위치한 KBS미디어센터 사옥에서 본부장님을 비롯해 KBSN 관계자들을 만났다. 그때 방송사 측에서는 적극적으로 해설 위원 자리를 제안했고, 나 역시 긍정적인 반응을 보인 후 지난겨울 KBSN과 계약을 맺었다. '해설택'으로서 야구인생 2막을 연 순간이다.

코로나19의 영향과 올림픽 브레이크가 있을 때를 빼고는 해설위원 일을 시작하고 나서 이틀 연속으로 제대로 쉰 적이 없을 정도로 바쁘게 보냈다. 감사하게도 해설 위원 데뷔 이후 선수 때보다 훨씬 칭찬을 많이 받으니 의아하기도 하고, 재미있기도 하다. 긍정적인 평가가 높다는 것은 내 은퇴 후 늘어나는 '~택'의 별명들만 봐도 알 수 있다. '해설택, 예측택, 안정택' … 나쁜 것이 없어서 정말 다행이다.

KBSN스포츠 본부장님에게 그런 이야기를 했다. 선수로서 19년 생활했으니까, 해설위원으로 딱 20년 채우겠다고 말이다. 누구보다 실패와 성공, 다양한 것들을 많이 경험해보았기에 가능한 말이었다. 또한 재미있는 경기는 재미있게, 재미없는 경기도 재미있게, 따뜻한 마음과 시선으로 하는 것이 해설위원의 의무라고 생각한다. 아쉬운 이야기와 플레이도 따뜻하게 이야기하면, 진심이 담긴 아쉬움이 시청자들에게 전해진다는 게 나의 생각이다.

올해 1년차 해설위원으로서 방송을 하면서 힘든 게 없다면 거짓말이다. 여러 고충 사항 중에서도 가장 힘든 게 있다면, 경기나 〈아이러브베이스볼〉이나 모두 생중계이기 때문에 정신을 똑바로 안 차리고 한마디 잘못 내뱉으면 곧바로 방송사고로 이어질 수 있다는 것이다.

처음 촬영하고 나니 내가 가진 문제가 바로 드러났다. 나의 말버릇 중 하나가 상대방과 이야기할 때 '네' 또는 '어'를 반복하는 것이었는데, 해설 후 들어보니 그 소리만 백 번 넘게 하는 것이었다. 이것을 인식하게 되니 바로 고쳤고, 상대방이 이야기할 때 귀로 이야기를 듣고 그다음에 이야기를 이어가는 것에 익숙해지면서 감을 잡았다.

또 현장에 처음 가기 전까지는 내가 어떤 내용을 어떻게 이야기해야 할지 감이 안 잡히기도 했다. 목소리나 말투는 내가 들어봐도 그렇게 거슬리지 않는데, 어떤 내용을 전달해야 할지 잘 몰랐고 스토리가 없는 상태에서 들어가야 한다는 게 막막했다. 그러나 그것도 시간이 약이고 경험이 중요하다. 한 번씩 해설을 할 때마다 감을 찾아갔다. 내가 어떻게 해야겠다는 생각이나 '이번에 이렇게 이야기했으니까 다음 해설 때 어떻게 준비해야겠다'라는 대략적인 스토리가 그려졌다. 전문 분야인 야구에 대한 이야기는 상관없는데, 이따금씩 야구 이외의 이야기를 던져야 할 때면 무엇이든지 머릿속에서 생각을 정리해서 핵심만 골라 말하는 게 쉽지 않았다. 2021년 6월의 마지막 토요일이었던 6월 26일, 대구 삼성라이온즈파크에서 진행됐던 LG와 삼성의 더블헤더처럼 8시간 동안 중계를 하고 나면 많이 지쳤고 그런 과정들이 힘들게 다가오기도 했다.

인터넷 댓글창에 '박용택이 모든 걸 내려놓았다'라는 코멘트가 보이는데 그건 사실 내려놓은 게 아니라, 박용택이 원래 그런 사람이라는 것을 알리고 싶다. 아내는 맨날 밖에서 나한테 이중인격으로 살다고 할 정도로 야구선수로는 재미없는 삶을 살았지만, 하고 싶은 것을 하는 요즘은 하루하루가 정말 즐겁다.

2019년 12월 11일
잠실구장에서

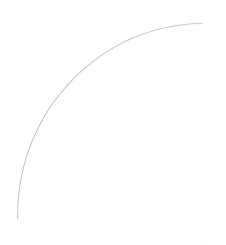

해설위원의
준비

해설위원의 하루는 참 바쁘다. 개인 노트북과 태블릿PC로는 선수나 팀 기록을 참고하고, 한쪽에는 경기가 루즈해졌을 때 사용할 만한 자료들_{선수 개개인의 스토리 같은 것을 정리한 내용}이 있다. 현장에는 따로 기록원이 없으니까 경기를 앞두고 미리 선수나 팀에 대한 정보를 수집 및 정리하는 시간이 많이 필요하다. 시즌 초반에 한 번도 중계하지 않은 팀의 경우에는 준비에만 10시간 가까이 걸린 적이 있을 정도로 시간이 많이 소요되는 작업이다. 그러나 정확한 정보 전달을 위해 반드시 거쳐야 하는 과정이고, 난 이런 일도 재미있다.

자료를 두는 순서도 있다. 바로 앞에는 당일 경기 양팀 선발투수 기록을 정리한 것이고, 타자들은 시즌을 치를수록 웬만한 스토리가 머리에 있으니까 업데이트되는 기록 같은 경우에는 홈페이지 등을 통해 실시간으로 체크하면서 해설한다. 경기 중에 계속 노트북과 태블릿PC로 기록을 찾아보기도 하면서 수기로 기록지를 작성하며 그날 주요 기록을 적는다.

평균적으로 3시간 이상 진행되는 경기가 다 끝난 후에도 중계방송은 마무리되지만 해설위원으로서의 일과가 다 끝난 것은 아니다. 곧바로 수훈선수 인터뷰를 진행하기 때문이다. 하이라이트 프로그램 〈아이러브베이스볼〉에서 경기 하이라이트 영상이 나가고 경기 MVP에 대한 인터뷰 영상이 나가기 때문에 5분에서 10분 정도 선수와 인터뷰를 갖는다. 중계방송이 끝나고 〈아이러브베이스볼〉에서 인터뷰 영상이 나가기도 하지만, 때로는 중계방송이 끝나기 전에 먼저 선수 인터뷰를 진행하기도 하므로 그때 상황에 맞게 순발력 있게 인터뷰를 미리 준비해야 한다.

인터뷰 대상 선수가 누구인지 중계차를 통해 확인하고, 선수가 인터뷰 준비를 마칠 때까지 약 5분 정도의 시간이 내게 주어진다. 경기 중에 기록했던 것이나 해당 선수의 스토리를 바탕으로 해서 몇 가지 질문을 정리한다.

그날 경기 내용을 기본으로 질문을 만들고, 선수에 대해 미리 준비했던 내용 중에서 경기 중에 사용하지 않은 부분을 활용한다. 혹은 현장에서 떠오르는 질문을 선수들에게 던지기도 한다. 나름 성의 있게 준비했던 질문인데 선수가 '네' 혹은 단답형으로 짧게 답하면, 질문 길이를 조절해서 조금 짧게 던지기도 한다. 선수의 대답도 중요하지만, 좋은 대답을 이끌어낼 수 있도록 해설위원 입장에서 '좋은 질문'을 던져야 함을 알게 되었다.

선수 시절에는 그저 방망이를 휘두르면 됐지만 지금은 선수 시절 때 하지 않았던 많은 것을 동시에 해야 한다. 처음에 중계를 할 땐 한 경기가 끝나고 나면 숨이 찰 정도로 버겁다는 느낌도 있었는데, 요즘에는 조금씩 여유가 생기기 시작해서 더블헤더가 아닌 이상 버겁다는 느낌을 받는 경기는 많지 않다.

〈아이러브베이스볼〉의 경우, 경기장이 아닌 방송국으로 출근한다. 우천시 취소되는 경기가 없는 한 5개 구장 경기를 동시에 틀어놓고 그날 방송을 준비한다. 다섯 경기를 4명의 작가와 기록원, 아나운서 각 1명, 그리고 2명의 해설위원이 맡고 특이사항이 발생하거나 점수가 나면 기록을 체크한다.

그러다가 5회 정도 됐을 때 점수 차가 벌어져서 어느 정도 승패를 예상할 수 있는 경기가 나온다 싶으면 그 경기부터 정리를 하기 시작한다. 경기 중반 전후로는 더 바빠질 수밖에 없다. 그러다가 KBSN스포츠가 중계를 맡은 경기가 8회쯤 넘어가면 스튜디오에 내려가서 마이크를 차고 스탠바이를 한다.

전반적인 경기 준비 및 중계, 〈아이러브베이스볼〉 진행 과정만큼이나 많은 야구 팬들이 궁금해하는 게 있다. 바로 LG 트윈스에 대한 편파적인 중계를 하지 않기 위한 노력이다. 실제로 혹시라도 은연중에 LG 트윈스 중계를 하거나 언급해야 하는 상황일 때 편파적인 이야기를 할까 봐 좀 더 신경을 쓴다.

아무래도 한 팀에서 19년을 뛰었던 만큼 LG에 대해 따로 조사를 하지 않더라도 아는 게 많기 때문에 LG 경기에 배정될 때면 LG와 맞붙는 상대 팀의 스토리나 자료 준비에 훨씬 많은 시간을 투자한다. 그리고 평소에 일상 속에서 야구 이야기를 할 때 "우리는 …" 하는 말을 무의식적으로 할 때가 있는데, 그러지 말자고 스스로 주입하고 세뇌한다.

그러다 보니 평소에 LG 선수들이나 관계자들과 이야기를 나눌 때도 그들에게 "너네 팀 혹은 LG 트윈스"라고 표현한다. 그렇게 지칭하다 보면 중계할 때도 '우리 팀'이라는 표현도 나오지 않고, 부지불식간에 편파적인 이야기를 하는 일도 막을 수 있었다.

해설위원이 되면서 따로 내가 롤모델로 삼았던 인물이나 지향점으로 삼았던 것은 없었다. 단 하나 "전문적인 이야기를, 정말 쉽고 재미있게 하고 싶다"라는 각오로 시작했다. 이를 테면, 어떤 타자가 좋은 타격을 해서 안타를 쳤다. "아~ 지금 잘 쳤어요. 좋은 안타네요" 이런 건 누구나 다 알지 않는가. 안타를 치면 곧바로 리플레이 화면이 나오는데, 그럴 때 해설위원은 지금 어떻게 해서 잘 친 것이고, 왜 좋은 안타라고 할 수 있는지 등 전문가가 할 수 있는 이야기가 필요하다. 자주 쓰이는 표현 중 하나인 "스윙이 예쁘다"라는 표현 역시 '예쁘다'는 형용사가 아주 모호하게 다가올 수 있다. 그럴 때는 어떤 타격을 하는 선수이고, 스윙이 어떻게 나오게 됐는지 등에 대한 설명이 필요한 것이다.

또는 더 깊게 들어가서 요즘 팀이나 선수가 상승세를 탈 수 있는 원인, 혹은 이 정도로 해주었을 때 팀에 끼치는 긍정적인 영향까지도 전달하는 게 결국 전문성이라고 생각한다. 물론 더 전문적으로 들어가서 세이버나 숫자 이야기를 할 수 있지만, 중계방송을 시청하는 라이트한 팬에게 그런 부분을 재미있게 설명하는 일은 결코 쉽지 않다. 그래서 '왜'라는 것에 대해서 좀 더 재미있게 설명하는 것이 해설위원인 나의 역할이다.

2021년 KBSN스포츠 야구 해설중

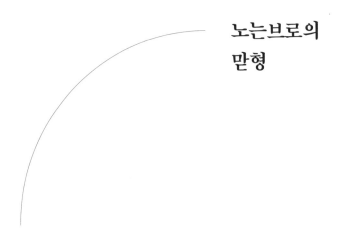

노는브로의
맏형

은퇴 이후 여기저기서 다양한 프로그램 제의가 들어왔을 때 지인들에게 이 이야기를 하면, 대체적으로 호불호가 갈렸다. 그런데 많은 사람이 손해볼 게 전혀 없다며 〈노는브로〉만큼은 괜찮을 것이라는 이야기를 해주었다.

'운동만 할 줄 알았던 남자들의 첫 번째 하프타임.' 〈노는브로〉라는 프로그램을 소개하는 문구다. 정말 운동만 했던 사람들이 모였으니까 어떤 소재나 주제든 모든 걸 방송에서 소화할 수 있었다. 방송국 입장에서는 출연자들이 잘하면 잘하는 대로, 혹은 못하면 못하는 대로 살릴 수 있는 것이니까 말이다.

무엇보다도, 촬영하는 것 자체가 편하고 즐거운 일이었다. 일반적으로 제작진은 멀리서 찍기만 하고, 그 어떤 이야기도 하지 않는다.

작가들이 필요한 게 있으면 스케치북을 들고 지시하긴 하지만, 나를 비롯해 우리 애들은 전문 방송인이 아니기에 그냥 그대로 녹화를 이어가는 경우가 많다. 그러다 보니 카메라가 많기는 해도 전혀 의식하지 않는다.

출연하는 애들을 보면서 놀라운 점이 너무나 많았다. 난 사실 조준호, 구본길, 김형규 등 개인 종목 선수들은 전혀 알지 못했다. 프로농구나 배구, 축구는 인터넷 기사나 중계방송도 가끔 보게 되니까 김요한, 전태풍, 백지훈 정도는 이름만 들어 알고 있었다. 첫 촬영을 하고 느낀 점은, 한참 동안 잘 알고 지냈던 동생 같을 정도로 편했다. 성격도 좋고 말도 잘하고 호응도 좋았다.

동생들이 인간적으로 너무 괜찮다는 것이다. 함께 시간을 보내다 보면 방송이든 아니든 내 스타일이 아닌 사람이 분명 있는데, 사람을 대하는 태도나 예의 같은 게 너무 좋았다. 뭔가 이야기를 해도 눈마주치고 반응도 잘 해주고, 진심으로 들어주고 이야기하는 것들이 괜찮았다.

카메라가 꺼지고 나서도 더 많은 이야기를 나누게 되고, 1박 2일 동안 촬영할 때면 새벽 2~3시까지 이야기하다가 잠들었다. 대부분 방송이 끝나면 개인적으로 연락을 지속적으로 주고받지는 않는데, 이제 3개월밖에 안 한 프로그램임에도 우리 멤버들이 있는 단체 채팅방에는 2~3일에 한 번 어떤 내용이든 올라온다. 술 마시면 가끔 전화도 한다. 그런 사소한 것들이 진짜 형, 동생 같은 느낌을 주는 것 같다.

야구 팬들이 "선수들은 큰 부와 명예를 얻었으니 도덕적 책임감도 크게 가져야 한다"는 식으로 이야기를 할 때면, 야구선수가 벌면 얼마나 벌고 대단한 명예도 없는데 비해 도덕적 잣대는 너무 높다고 생각했다. 하지만 이 친구들을 보면서 야구선수에게 주어지는 보상과 환경이 다른 종목에 비해서 좋다는 것을 알게 되었다.

우리 주위에서 볼 수 있는 보통 사람들과 다를 게 없었다. 언젠가 청약 통장 1순위, 2순위 … 이런 이야기하는 것을 들었는데, 야구선수들이 청약 통장 얘기하는 걸 들어본 적이 없다. 나도 그런 것에 관심 가질 일이 없었다. 그 외에도 용돈을 얼마나 쓰고, 적금을 어떻게 드는 등의 이야기를 서로 공유하면서 '아, 야구선수들이 좋은 환경에서 야구를 하는 거구나.' 이런 생각을 할 수밖에 없었다.

제작진을 보고 느끼는 점도 적지 않다. 〈노는브로〉 촬영 시 출연진 인원이 5~6명이면 스태프가 7~80명이 촬영장에 있다. 그런데 출연진에 비하면 이들의 식사 환경은 무척 열악했다.

스태프는 세트나 장소를 바꾸거나 카메라 세팅을 할 때 2~30분 정도의 짧은 시간을 이용해 삼삼오오 모여서 흙바닥에 앉아 덮밥이나 간단한 도시락 정도만 먹는다. 하루 세끼 모두 그렇게 해결하는 것을 보고, 정말 많은 사람이 각자의 위치에서 최선을 다해 살아가고 있다는 생각에 숙연해졌다.

선수 시절 주장 할 때 난 카리스마나 리더십 있는 리더보다는, 배려하는 리더에 가까웠다. 모두를 이끌고 가는 스타일이기보다는 누군가가 소외받거나 처지는 게 보이면 그런 친구들에게 관심을 더 주었다. 앞에서 하는 것은 매사에 솔선수범하는 정도였다. "나를 따르라" 이런 스타일은 멋이 없다고 생각하고, 지금도 변함이 없다. 시즌1 때는 준호와 요한이가, 시즌2에서는 준호와 본길이가 대부분 이야기를 하고, 중간중간 내가 받쳐주는 식으로 진행하는데 내가 혼자서 진행하면 '과연 좋은 그림이 나올까?' 생각한다.

아마 태풍이가 이야기했던 것 같은데, 정확하게 말하면 난 '엄마' 같은 리더다. 세심하고 꼼꼼하게 챙겨주는 스타일이니까 이렇게 말할 수 있는 것 같다. LG에 있을 때도 병규 형이 아빠, 나는 엄마 역할이었다.

어쩌면 운동하는 팀 내에선 이러한 스타일의 리더십이 안 맞을 수도 있다고 생각하는데, 내 성격도 그런 스타일이 아니다. 싫은 소리를 듣는 것도 싫어하지만, 하는 것도 그렇게 좋아하지 않는다. 또 없는 이야기를 지어내는 것을 좋아하지 않는다. 대본 없이 본 모습만으로도 좋은 그림이 나올 수 있는 것도 이러한 영향이 크다고 생각한다.

이번 예능 프로그램 출연이라는 새로운 것에 도전할 때는 그래도 개인적으로 갖고 있었던 계획이나 작은 바람이 있기는 했다. 나는 졸렬하다는 이야기를 가장 듣기 싫어하고, 그런 사람이 아니라고 생각하기에, 나를 모르거나 오해하는 사람들에게 '나'라는 사람을 잘 보여줄 수 있는 기회가 된다면 적극적으로 참여하고 싶다는 마음이 있었다.

팬들에게 100% 진심을 다하자는 뜻에서 시작해서 나를 몰랐거나 선입견이 있었던 사람들 마음을 돌려놓고 인터뷰 같은 걸 할 때도 좀 더 밝고 재미있게 하려고 애썼다. 평상시에 나처럼 보여주려고 했던 것들을 통해 팬들의 마음을 많이 바꿔 놓을 수 있었다. 그리고 앞으로도 그런 것들을 계속해 나가고 싶다.

'박용택은 진짜 야구 관두더니 즐겁나 봐.' 이 얘기를 가장 많이 들었고, 그런 지금이 너무 좋다. 해설도 점점 잘하고 싶다는 욕심이 생기기 시작했고, 그러면서 약간의 스트레스가 생기기는 했다. 그랬던 상태로 〈노는브로〉 촬영을 가면, 정말 편하다. 게다가 운동하면서 땀 한번 제대로 빼면, 막힌 속이 '펑' 뚫리는 느낌이다.

나의 버킷리스트였던 번지점프를 이미 했고 앞으로 기회가 된다면 스카이다이빙이나 물 속에 들어가는 프리다이빙을 한번 해보고 싶다. 혹은 코로나19만 괜찮아지면 〈정글의 법칙〉처럼 무인도에 가서 뭔가를 해보고 싶다. 우리 애들은 먹는 것에 신경을 쓰고 탄수화물을 먹지 않다 보니 프로그램을 자세히 보면 식사 장면 분량이 적은 편인데, PPL 들어올 것도 없고 해서 굶는 한이 있어도 한번 해보고 싶은 체험이다.

또, 인터뷰에서도 언급한 적이 있는데 배우 하정우가 청룡영화제 수상 이후 국토대장정을 하는 것을 영화로 찍은 〈577 프로젝트〉처럼 나 역시 LG 트윈스 우승 시 33명의 팬들과 전국의 야구장을 걸어서 가보는 게 은퇴 1~2년 전부터 가진 공약이었다. 물론 우승을 하지 못하면서 현역 시절 공약을 이루진 못했지만, 은퇴를 한 지금도 팬들과 전국 야구장 대장정같은 걸 해보면 참 멋질 것 같다는 꿈을 꾼다.

<노는브로>촬영 중

노는브로와
그 이후

해설과 예능 프로그램을 병행하면서 많은 사람에게 "해설이 좋아요? 노는브로가 좋아요?"라는 질문을 많이 받는데 내게 〈노는브로〉는 힐링이고, 해설은 야구인으로 해야 할 일이다. 처음에는 대본 없는 예능 프로그램에 대한 부담, 내가 사회성이 좋기는 하지만 잘 모르는 종목의 모르는 선수들과 어울려야 한다는 데 부담이 있었지만 진짜 새로운 경험을 할 수 있고 지금까지 모르는 좋은 선수들과 몸을 쓰며 함께 어울릴 수 있다는 것이 설레고 좋았다.

물론 동생들의 생각은 조금 달랐나 보다. 내가 야구하는 모습밖에 보지 못했으니 승부욕 넘치고, 차갑고, 카리스마 있고, 아저씨 같은 사람이라는 선입견을 갖고 있는 것이 당연했다. 그런데 몇 번 방송을 같이하면서 동생들은 내 진짜 모습을 보았고 놀라며 반전 매력의 소유자라고도 했다. 다 잘 따라주니 고마울 따름이다. 출연진뿐 아니라 시청자들도 더 가깝게 느껴주시는 것 같고, 내게 있었던 안 좋은 생각들도 조금씩 바뀌고 있음을 반응을 통해 느낀다. 이럴 때 〈노는브로〉 출연을 참 잘했다는 생각을 하게 된다.

그런데 진짜 걱정할 것은 방송 적응 문제나, 동생들과 잘 어울릴 수 있느냐가 아니라 다른 데서 터졌다. 의욕과 승부욕이 넘치다 보니 농구하면서 종아리 다치고, 유도하면서 어깨가 찢어지고, 턱걸이하다 떨어져 다치고 … 선수 시절보다 병원을 더 가고 있다. 주치의 선생님이 "아니, 선수 시절보다 더 자주 보는 것 같아요"라며 걱정하실 정도였고, 가족이나 같이 방송하는 스탭들까지 다 몸을 아끼라고 하는 것을 보니 나이를 실감하기도 한다. 그런데 막상 경기에 들어가면 끓어오르는 승부욕을 주체하기 힘드니 참 큰일이다.

내가 〈노는브로〉를 통해 전혀 알지 못했던 내 특기도 찾았다. 그건 내가 유도를 잘한다는 것인데 런던올림픽 동메달리스트 조준호 선수가 인정했다. 다른 선수들이 못하는 기술도 내가 하고 있고, 버티는 힘이 있어서 잘 넘어가지 않는다. 또 기술 습득도 빨랐다. 유도 근처에 가본 적도 없다는 사실을 잘 믿지 않는데, 야구하면서 웨이트 트레이닝과 기초 체력 훈련을 열심히 했던 것이 도움이 많이 된 것 같다.

좋은 동생들에게 내가 해온 경험들을 들려주면서 작은 도움도 될 수 있고, 야구밖에 모르던 내가 많은 경험을 할 수 있고, 열심히 뛸 수 있다는 것도 즐겁다. 촬영장 가는 발걸음이 언제나 가볍다.

이렇게 방송을 즐기다 보니 다른 프로그램에서도 연락이 오는데 부부 예능은 피하게 된다. 아내가 방송을 좋아하지 않고 힘들어해서 할 수가 없다. 〈노는브로〉가 시즌2까지 왔는데 꾸준히 잘 자리를 잡아 새로운 경험을 더 많이 할 수 있었으면 좋겠다. 그 이후에 내가 할 수 있는 것과 좋아하는 것이 있다면 그때 다시 진지하게 생각해 보고자 한다.

<노는브로> 촬영 중

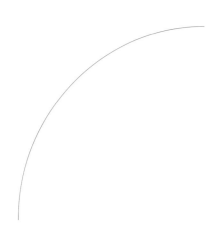

후배들에게
꼭 하고 싶은 말

선수 생활을 하는 동안에는 LG 한 팀에 있어서 올스타전, WBC, 시상식 등 특별한 행사 때 잠깐 본 선수가 많았기에 해주고 싶은 말을 다하지 못할 때가 많았다. 이제 은퇴하고 해설위원으로 활동하다 보니 많은 선수를 만나게 되고, 편하게 연락하는 후배들이 늘었다. 그 것도 참 고마운 일이다.

　말로 다하지 못했던 이야기들을 여기에 펼쳐 놓고자 한다. 야구를 왜 인생이라 부르겠는가? 그만큼 변수도 많고, 뜻대로 되지 않는 것이 참 많기 때문이라고 생각한다. 이 또한 지나갈 것이다. 내가 나를 포기하지 않고 과정을 만들어가고 내 루틴을 지켜나간다면 말이다. 내 이야기가 믿기지 않거나 부족하다면 연락해라. 편한 자리에서 소 주 한잔 하면서 말해줄 수 있다.

멘탈 관리가 힘들다면

초등학교 때부터 지금까지 30년 동안 야구를 하면서 느꼈던 것을 이 야기해보겠다. 타 종목 스포츠와 비교해서 1년 동안 야구만큼 많은 경기를 하는 종목이 없다. 타자들도 가장 많은 경기를 소화해야 한 다. 경기 하나도 기본 9회 말까지 이어지고, 경기 시즌도 길다. 물론 다른 종목처럼 상대 팀 선수와 부딪치거나, 모든 선수가 경기장을 계속 뛰어다녀야 하는 체력적인 부담은 상대적으로 적다. 여기서 가 장 중요한 야구의 특성이 드러난다. 한 선수 한 선수가 스포트라이 트를 받게 되고 실수나 단점이 그대로 드러나게 된다. 체력 훈련은 기본적으로 해야 하지만, 그만큼 멘탈 관리를 해야 하는 이유이기도 하다.

또 야구는 참 예민한 종목이다. 평균 10번 나가면 3번 안타를 치면 칭찬을 받는다. 다른 종목에서 10번 슛을 시도했는데 3번 성공하면 칭찬받을 수 있을까? 그런데 100번 중 33번을 치면 큰 성공이라 인정 받지만, 또 28번은 좋지 않다고 평가받는다. 33과 28은 100번 중 고 작 5개밖에 차이가 안 나는데 말이다.

작은 차이가 큰 결과로 이어지고, 매일매일 치러지는 승부에서 누 구도 장담할 수 없고, 결과를 예측하기 어려운 상황을 오래오래 견 뎌내는 것이 중요하다. 강한 자가 이기는 것이 아니라 이길 때까지 버티는 자가 이긴다고 본다. 그것을 할 수 있는 방법은 마음을 다스 리는 것이다. 결국에는 여러 번 강조해도 지나치지 않는 것이 마음

청소법이다. 머리를 비우고 마음을 비우는 게 먼저다. 선수가 할 수 있는 것은 성실하게 과정을 만들어가는 것뿐이니 말이다.

슬럼프가 계속 된다면

매일매일 벌어지는 경기니 잘 풀릴 때도 있고, 안 풀릴 때도 있는 법이지만 가끔은 아무리 훈련해도 안 되고, 넘어갈 듯하다가 잡힐 때도 있고, 어느 때는 날아오는 공이 수박만 하게 보이다가도 갑자기 먼지처럼 작게 보일 때도 있다. 그런 날이 계속되면 자신감이 떨어지고 '왜 나는 운이 없는 걸까, 왜 나는 되는 일이 없지?'라고 운 탓을 하거나 그런 내가 참으로 한심해 보이기까지 한다. 그렇게 몸도 마음도 굳어져 있는 상태로 타석에 서면 당연히 투수에게 압도당하고, 들어가는 순간부터 지고 들어가는 것이다.

그럴 때, 나는 운이 나쁘다는 생각을 하지 않았다. 운이나 재수 이런 것으로 자꾸 돌리려고 하는 것은 내 탓이 아니라 남의 탓으로 돌리고 싶은 마음도 있을 것이고, 내가 어떤 기운에 따라 움직이는 것을 인정하는 것이다. 난 그런 게 싫었다. 나는 내가 만들어가는 것이다. 경기가 잘 될 때도 있고 안 될 때도 있는 것이지 그 책임을 다른 데서 찾고 싶지 않았다.

그럴 때는 '적금을 들었다'라고 생각을 했다. 오늘 이렇게 열심히 했는데 결과가 안 따라줬으면 다음에 이자 쳐서 더 잘 되겠지, 다음에도 안 될 때는 '도대체 내가 얼마나 큰 적금을 든 거야?'라고 긍정적으로 생각한다. 물론 매일 훈련을 제대로 하고 있고, 컨디션을 끌어올리기 위한 노력이 뒷받침되어야 하는 것은 기본이다.

팀에서 힘들게 하는 사람이 있다면

늘 경쟁해야 한다는 부담은 있지만 막상 팀 안에서 서로 매일 얼굴을 대하고 이야기 나누다 보면 선수들끼리는 갈등이 거의 없다. 성격이 안 맞는 경우가 있기는 하겠지만 그것으로 야구를 그만 둘까 싶을 만큼 심각한 경우는 거의 없다.

야구단 내에서 가장 갈등을 유발하는 관계는 코칭스태프와 선수 사이이다. 학교에서 선생님과 제자 사이의 관계와는 비슷하면서도 무척 다르다. 학교에서는 선생님이 일방적으로 가르치고, 학생은 가르침받는 입장이다. 그러므로 사제의 정이 있고, 믿고 따르면 된다. 그런데 감독이나 코치와 선수의 관계는 선수 기용의 문제로 이어지고, 생계에도 영향을 미친다. 먹고사는 문제가 달려 있는 것이다.

단순히 '선생님이 왜 쟤는 예뻐하고 나는 미워하지?'의 문제가 아니다. 경기에 나가야 내 실력을 입증할 수 있는 기회가 오는 것이고, 자꾸 감독의 스타팅 오더에 내가 빠져 있으면 난 잊혀지는 선수가 될 수밖에 없다.

이럴 때는 아버지가 내게 늘 강조하신 역지사지易地思之로 내가 감독 입장이 되어 생각해보자. 감독이 단순히 내가 미워서 그런 것은 절대 아닐 것이다. 경기에서 이기기 위해 한 팀을 이끌고 있는데 많은 선수 중 어떤 선수를 내보내야 하는지 수십 번 그림을 그렸다 지웠다를 반복했을 것이다. 내가 가진 장점과 단점, 지금 컨디션, 다른 선수들과 비교해서 내 위치는 지금 어디인가를 살펴보자. 그러면 나 자신이 보이고, 내가 지금 당장 할 수 있는 것도 볼 수 있다.

아예 안 맞는 코칭스태프가 있을 수도 있다. 그럴 때는 몇 번은 진심을 다해 해결하려고 노력해야 하지만 안 되는 관계도 분명 있다. 미움받을 용기가 없는 사람은 그런 관계를 불편해 못 견뎌서 더 연연해하면서 풀려고 애쓰지만, 헛수고다. 이성적으로 말이 안 통하는 사람이 있다면 피하자. 오물이라고 생각하자. 오물과 가까이 갈수록 악취만 내 몸에 배이고 그를 안으려고 다가가면 갈수록 더러움만 내 몸에 묻는 것이다. 그러니까 최대한 멀리 피하자.

SNS에 나쁜 댓글이 달린다면

나도 20대부터 30대 초반까지 참 많은 욕을 먹었다. 처음에는 원망하는 마음도 있었지만 생각해보면 내게서 비롯된 것이었다. 크고 작은 내 태도와 말에서 실수가 있었고, 그것이 불씨가 되었다. 책임도 져야 했다. 선수를 대표하는 주장의 위치에 있을 때도 팀의 침체된 분위기와 맞물려 질타가 오래 이어졌다. 경기 중에도 야구 경기는 타석에 선 한 선수가 안타로 나가든지, 쓰리아웃 당하든지 장시간 많은 사람에게 노출되고, 그만큼 집중을 받게 된다. 한 경기에서 한 번이 아니라 여러 번 타석에 서게 되니 팬들이 관심도 높아진다. 손

짓 하나, 발 모양 하나, 호흡 하나까지 팬들이 다 지켜보는 것이다. 그만큼 팬들은 선수를 가깝게 느끼게 되고 작은 변화나 표정 하나에도 예민할 수밖에 없다. 그러므로 선수는 경기장에서 다 자제하고 조심해야 하는 부분도 많다.

하지만 나와 상관없는 악성 댓글 −물론 지금은 포탈사이트의 댓글은 없어졌지만− 개인 게시판, DM 등을 통해 입에 담기도 어려운 욕설과 유언비어가 많이 온다고 한다. 나는 이런 이유에서 SNS를 하지 않는다. 나는 가뜩이나 예민한 성격이고 생각도 많은데 그런 것들을 받게 되면 내게 악영향을 끼칠 것을 알기 때문이다. 아내는 활발히 활동을 하고 있고 '박용택의 아내'라고 많이 알려져서 그런 DM이나 인스타 댓글에 나쁜 내용도 올라온다고 한다. 그렇지만 한 번도 내게 전하지 않았다. 이유를 물어보니 아내의 평소 성격답게 "내가 당신을 잘 아는데 전해서 좋을 게 없잖아"란다. 맞다. 좋을 게 없으면 안 보면 된다.

게시판에 어떤 내용이 올라왔다고 지인들이 전하더라도 가까이 가지 않으면 된다. SNS를 하고 싶다면 악플도 소통이라고 생각하고 받아들여야 한다. 그럴 자신이 없으면 선수로 뛸 때까지는 SNS 활동을 참으라고 말하고 싶다. 애초에 원인을 제공하지 말아야 한다. 이건 나의 루틴과도 비슷하다. 내가 경기에 임할 때 좋은 컨디션과 환경을 유지하기 위해 내가 안 좋아하는 것에 가까이 가지 않았던 것처럼 나쁜 영향을 미칠 게 뻔한 말들을 귀에 담지 않으면 된다.

팬에게 미움을 받고 있다면

나 역시 팬들에게서 마음을 얻지 못해 많은 마음 고생을 했던 사람으로서 할 말이 참 많다. 그런데 이유 없이 처음부터 끝까지 입에 담지 못할 욕설을 하는 것은 전혀 무섭지 않다. 그냥 저 사람의 인성이 저것밖에 안 되는 사람이라고 무시하면 되니까 말이다. 그런데 자신의 논리를 펼치며 박용택이란 선수는 이렇고 저런 잘못을 했고, 그래서 얼마나 부진하고, 현실이 이렇게 안 좋으니 팀에 하나도 도움이 안 되고 악영향을 끼칠 것이라고 내 미래까지 단정 짓는 사람들은 무섭다. 가만히 듣고 있으면 진짜 내 미래는 어둡고, 내 존재 가치가 하찮게 느껴지기도 하기 때문이다.

그런 말에 현혹되면 안 된다. 그의 마음에 귀를 기울여보면 깊숙한 본질은 애정이다. 많이 기대했는데 그것에 못미치니 실망해서 화를 내는 것이다. 실력으로 보여주면 된다. 다 내가 잘하면 되는 것이다. 물론 잘한다는 것에는 여러 의미가 있다. 야구 선수니까 기술 연마를 해서 야구를 잘해야 하는 것이고, 생활도 모범적으로 해야 한다. 그리고 꾸준히 진심을 다해 노력한다면 회복될 수 있다.

팬들과의 관계가 힘들 때

많은 후배가 의외로 힘들어하는 것이 팬들이 함께 사진을 찍자고 하거나, 사인을 원하는 팬들을 만날 때이다. 우선 그런 일에 쑥스러움을 느끼는 선수들이 많다. 그리고 받으러 오는 팬과 해주는 선수들의 입장이 많이 다르다. 사인을 받는 팬들은 1년에 한 번, 혹은 10년에 한 번 와서 사인을 받기도 하지만 선수들은 일주일 동안 매일같이 그런 생활을 반복한다. 사실 피곤하기도 하지만 특히 경기 끝나고 개인적으로 기분이 별로인 날이 없을 수가 없다. 사람이기 때문에 내 뜻대로 마음을 쓰기가 쉽지 않다. 나도 사인은 해주지만 사진은 쉽지 않다. 그날 컨디션이 별로일 때도 있고, 차림새가 사진 찍기 어려운 때도 있고, 상황이 안 받쳐 줄 때도 있었다. 그럴 때는 솔직하게 이야기해보자. 내 팬이라면 말하면 알아준다. 사인은 할 수 있는 한 해주자. 처음에는 의식적인 노력이 필요했다. 내 입장에서 날 좋지 않게 봤던 사람들의 마음을 돌리고 싶었고 한 사람의 팬도 귀하다는 것을 알았기 때문이다. 그렇게 시간이 흘러 나를 돌아보니 정말 자연스럽게 팬을 대하고 위하는 사람이 돼 있었다. 그냥 하는 말이 아니라 진심으로 팬들에게 고마움을 느끼고 감사하며 그 마음을 표현해야 한다.

2019년 11월 11일 러브기빙데이

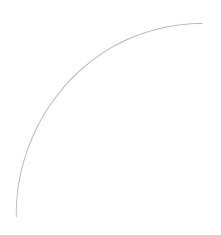

한국 야구,
분명히 위기다

한국 야구가 위기라고 하는데 나도 그 의견에 공감한다. 새로운 팬의 유입은 적어지고, 시청률은 다른 스포츠보다 높지만 화제성이 낮다. 20대들이 야구를 보지 않는다. 그 위기가 왜 왔을까?

근본적으로 골이 깊다. 프로야구의 인기 하락 추세는 이미 2018년 이후 드러나고 있었기 때문이다. 이는 여러 전문 기관들에서 매년 리그 개막 직전 발표하는 프로야구 관심도를 살펴보면 알 수 있다. 이에 따르면 2018년보다 2019년이 더 낮았고 2020년에는 코로나19 속에 리그를 시작해 세계의 주목을 받은 덕에 잠시 치솟았지만 2021년 개막 전 조사에서는 다시 내려왔다. 프로야구의 인기 하락은 잠깐의 이슈 때문이 아니라 오랜 시간 진행 중이었다는 의미다.

거기에 도쿄올림픽의 기대에 못 미치는 성적, 선수들의 코로나 방

역지침 위반 이후에도 정규 시즌이 개시 전 음주운전, 대마초 등의 문제까지 발생하며 팬들의 실망이 이만저만이 아니다. 도쿄올림픽 전후 상황이 이런 안 좋은 추세에 기름을 부은 것이라 본다.

여러 요인이 있다고, 내 문제가 아니라고 선수들이 넋 놓고 팬들만 기다릴 수는 없는 일이다. 우리 선수들이 할 수 있는 노력을 다 해야 한다. 야구를 보면 즐거워야 하는데 나쁜 뉴스만 많이 들려오니 솔직히 나 같아도 팬의 입장에서 야구 보기 싫을 것 같다. 많은 사건과 사고가 선수들 사이에서 벌어진다는 뉴스를 접하면, 수많은 선수들 중에 일부인데도 좋은 뉴스를 전하는 선수들이 적다 보니 "쟤네는 원래 저런가 봐, 야구선수들이 원래 문제 많잖아"라고 일반화시킨다. 끼리끼리라고 싸잡아 욕먹는 것이다.

사람들이 우리를 몰라준다고 탓만 하지 말자. 책임감을 갖고 좋은 뉴스를 만들어야 한다. 쇼를 하라는 것이 아니다. 선수들의 마음이 없어서가 아니라 어떻게 시작해야 할지 모르는 경우가 많다. 나 또한 20대에는 잘 몰랐고, 30대 중반에는 중요성을 알았지만 방법을 잘 몰라서 소극적으로나마 기부를 하고, 연탄 봉사 등의 활동을 했다, 필요한 것에 비해 턱없이 부족했다. 은퇴 후에 프로야구를 제3자의 눈으로 넓게 보게 되니 그때는 안 보이던 것이 보인다. 그러면서 선배로서 모범을 보이지 못한 것에 반성하고, 길을 터놓고 나왔어야 한다는 아쉬움이 많이 남는다.

KBO나 선수협 측에서 이끌어 마련해주어야 한다. 다행인 것은 요즘은 에이전트에 소속된 선수들이 많은데 여러 구단에 속한 선수들을 모아서 마련하는 기부 행사나 봉사, 팬 미팅, 유소년 야구 세미나, 야구 교실 등등 할 수 있는 게 많다. 물론 코로나 때문에 대면 행사들을 하기 어려운 때이지만 찾아보면 할 수 있는 것이 제법 있다. 한 사람에서 시작해서 한 팀이 동참하고 점점 늘어나 선수 전체가 봉사 분위기를 만들어가야 한다. 급하게 생각하지 말자. 시간이 필요하다.

2018년 6월 16일 끝내기 2루타. KIA전. 잠실구장

함께 길을 걷는
내 남편에게

우리 27살, 그땐 어른인 줄 알았지만 참 어렸던 것 같아.

용기 있게 시작했지만 서툴게 가정이라는 것을 이루고 한 아이의 부모가 되고….

야구선수라는 직업을 가진 남편이랑 산다는 것이 어떤 의미인지 그때는 잘 몰랐어.

신혼 시절부터 솔비 유아 시절까지 독박 육아와 혼자 보내야 했던 숱한 명절들.

외로울 때도 참 많았고 버거워 울기도 많이 울었던 것 같아.

지금 생각해보면 혼자 많은 것을 견뎌왔던 그 시간이 나를 좀 더 빨리 어른으로 만들어주었어. 그리고 내가 힘든 만큼 당신도 그 시간 속에 함께하면서 이겨내고 버텨왔다는 것을 많은 시간이 지난 다음에야 깨달았어.

어느새 시간이 훌쩍 지나 진짜 어른이 되었고, 우리가 의지하며 살아왔던 부모님에게 이제는 우리가 의지처가 되어 드려야 하는 그런 나이가 되었네.

열심히 열심히 여보는 야구를 했고

열심히 열심히 나는 아이를 키우고 집안일을 했고

지금까지 열심히 열심히 살아왔다 우리.

장하다, 박용택! 한진영!

이걸 다 말해 뭐해, 그치?

당신은 오지 않을 것 같던 은퇴를 정말 했네.

은퇴한 박용택을 생각하면 안쓰럽기도 하고 그 시간을 함께 걸어온 나도 괜히 서운하기도 하고 참 많은 생각이 들어.

작년을 돌아보면 마지막 시즌을 끝내고 우리가 한 번도 경험하

지 못한 시간들이 펼쳐질 거라서 앞으로 어떻게 될까…참 막연

하고 조금 두렵기도 했고, 이런저런 상상을 해보면서 또 설레기

도 했지.

그런데 말이야, 나 걱정은 안 되더라.

여보가 솔비와 내 앞에서 장난처럼 세뇌시켰던 "내가 누구야?

나 박용택이야!!!"라는 우리집 가훈 아닌 가훈 같은 이 말이 참

안심되었어. 역시 당신은 내 스타일이야!

한 스포츠방송국의 야구 해설위원으로, 한 예능 방송 프로그램

에서 몸을 던지며 즐겁게 방송하는 모습이 참 행복해 보여.

여보 알지? 난 늘 밑도 끝도 없이 긍정적인 사람이라는 것.

지금껏 초긍정 마인드로 초초예민 걱정쟁이 박용택을 융화시켰

다는 것.

그러니까 제2의 인생을 시작한 솔비 아빠! 지금처럼만 즐겁게 지내자. 그런 일을 할 수 있다는 건 참 감사한 일이잖아.

연애할 때 이후로 이런 편지 쓰는 것 참 오랜만이다. 보기와 다르게 애교도 없고 시크한 여자랑 사느라 당신 고생이 많다. 그래도 내 마음만은 누구보다 더 잘 알잖아.

우리 앞으로 남은 삶, 멋지게 살아보자.

다시 한번 늘 평가받는 직업인 야구선수 박용택으로 살아오느라 고생 많았어. 말로는 잘 표현 못 하지만 고마워, 여보. 그리고 많이 사랑해.

- 16년 전 깜찍이 진영이가

에필로그

30년 5개월…

지금까지 야구 유니폼을 입고 지낸 시간입니다….

그 긴 시간 동안 야구를 즐기지도 못했고, 즐겁지도 않았습니다.

굳이 그러지 않아도 되었는데 항상 이기고 싶었고, 항상 최고가 되고 싶었기에 매일 긴장감을 늦출 수 없었고, 쉽게 좌절하고, 저 자신에게 실망도 많이 했습니다.

그래서 많은 분이 은퇴 후 바로 현장 복귀를 원하셨지만 당분간은 야구 유니폼을 입지 않고 사는 것이 제 희망사항이었기에 그러지 않았습니다.

제가 야구선수 말고 무엇을 잘하는지, 무엇을 좋아하는지, 정말 몸과 마음을 비우고 즐겁게 살고 싶었습니다. 또 어디의 누군가가 야구선수가 아닌 박용택을 찾아줄지 궁금하고 기대도 되었습니다.

모든 가능성을 열어두고 제2의 인생 출발선에 다시 선 거죠.

감사하게도 예능 방송가에서, 스포츠채널 야구 해설가로서, 또 출판사에서까지 저를 찾아주셨습니다. 다행히 저도 막상 처음 해보는 일인데도 꿈꾸었던 것처럼 즐겁게 열심히 하고 있습니다.

《오늘도 택하겠습니다》 이 책을 쓰며 야구인생을 정리해보니 고마운 분들이 너무너무 많았고 저 혼자 야구를 했던 게 아니구나, 저는 참 인복이 많은 사람이라는 걸 다시 느꼈습니다.

그 모든 분께 감사한 마음 평생 가지고 살겠습니다.

인생은 매 순간 순간이 선택의 연속입니다. 오늘은 제게 또 어떤 중요한 기회가 찾아올지 아무도 모르기에 더 기대됩니다.

이 순간 이 책의 마지막 장을 덮으시는 당신도 좋은 '선택' 이어가시며 행복하셨으면 합니다.

지금의 박용택이 있는 건,

야구 덕택, 팬 덕택, 그리고 당신 덕택입니다.

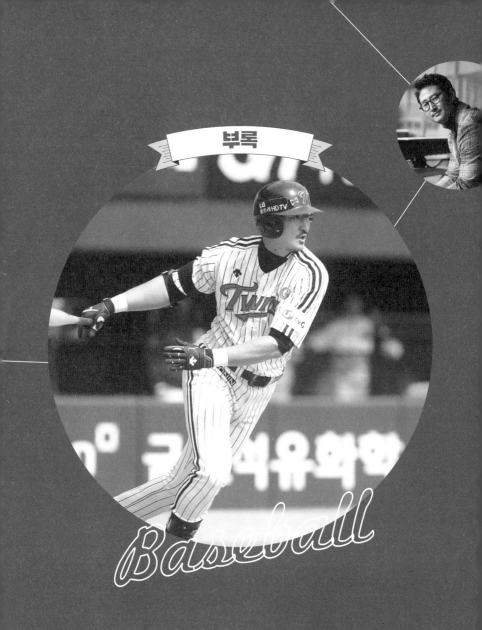

Baseball

2002-2020 박용택의 결정적 장면
한 눈에 보는 30년 박용택 야구 역사

・LG 입단
・4.16 첫 1군
・0.288
・김성근 감독

・0.300, 16홈런
・이순철 감독
・올스타전 홈런레이스 우승

・0.294
・양승호 감독
대행
・제1회 WBC
국가대표

2002　　　　**2004**　　　　**2006**

2003　　　　**2005**

・2년차 징크스
・0.257
・이광환 감독

・0.280
・90득점, 43도루
각 부문 1위

- 0.257
- 커리어 로우 시즌
- 처음 2군 강등

- 초반 부진 딛고
  0.300 마감
- 박종훈 감독
- 첫 번째 FA-LG 선택

2008

2010

2007

2009

2011

- 0.278
- 김재박 감독
- 이병규 일본 NPB진출

- 0.372(타율1위)
- 타격 모든 부분 상위권
- 골든글로브(외야수) 수상

- 청문회 사건
- 0.302
- 팀 주장
  (2010, 2011)

- 0.346
- 통산 300도루
- 2,000안타 달성
- KBO 최초 5년
  연속 150안타

- 0.343
- 양상문 감독
- 2년 연속 플레이오프
- 두 번째 FA-LG 선택

- 0.305
- 김기태 감독
- 두 번째 골든글러브 수상

2012

2014

2016

2013

2015

- 0.328
- 세 번째 골든글러브
- 11년만에 팀 플레이오프 진출

- 0.326
- 나눔리그 우수 타자상

- 0.303
- 2,000경기 출전
- 2년후 은퇴 예고
- 마지막 FA - LG 선택

- 0.300
- 마지막 시즌
- 2,500안타 최초 달성
- 플레이오프 진출
- 11.5 키움과의 마지막 경기
- 일구상 일구대상 수상

2018   **2020**

2017   **2019**

- 0.344
- 류중일 감독
- 플레이오프 진출
- 골든글로브
  (지명타자상)수상

- 0.282
- 팔꿈치와 허리 부상

	Teams	Event	Hits	Date	
1991	GOMYUNG ELEMENTARY SCHOOL	야구와의 만남		1991. 10. 22	서울특별시 국민학교 야구 리그전 우승
1994	WHIMOON MIDDLE SCHOOL	타격상 1위		1994. 6. 9	제 49회 청룡기 우승
1996	WHIMOON HIGH SCHOOL	대통령배 최우수상		1996. 5. 1	제 30회 대통령배 우승
				1996. 6. 9	제 51회 청룡기 우승
				1996. 9. 19	제 50회 황금사자기 8강
1996	KOREA UNIVERSITY	추계대학리그 최우수선수상		2001	추계리그 우승 - 결승전 2점 홈런 포함 4타점
2002	LG TWINS KBO LEAGUE		1	2002. 4. 16	1호 안타, 3타수 2안타 1타점 vs SK
			10	2002. 4. 26	10호 안타, 1타수 1안타 2타점 vs 한화
			50	2002. 6. 16	50호 안타, 4타수 1안타 vs 한화
			100	2002. 9. 7	100호 안타, 4타수 1안타 1타점 vs 한화
		플레이오프 MVP		2002 PO	0.350 7안타 2홈런 4타점
2003			200	2003. 8. 7	200호 안타, 3타수 1안타 vs SK
2004			300	2004. 6. 3	300호 안타, 3타수 1안타 vs 두산
2005			400	2005. 5. 21	400호 안타, 5타수 3안타 2타점 vs 두산
		시즌 도루, 득점 1위		2005 SEASON	0.280 132안타 90득점 15홈런 71타점 43도루
2006			500	2006. 4. 26	500호 안타, 4타수 1안타 vs 삼성
		제1회 WBC 국가대표	600	2006. 9. 6	600호 안타, 4타수 1안타 vs 두산
2007			700	2007. 7. 7	700호 안타, 4타수 2안타 vs 한화
2008			800	2008. 6. 10	800호 안타, 5타수 3안타 1홈런 1타점 vs SK
2009			900	2009. 6. 3	900호 안타, 6타수 5안타 vs 한화
		시즌 타율 1위 골든글러브 외야수상	1,000	2009. 9. 10	1,000호 안타, 4타수 2안타 vs 삼성
				2009 SEASON	0.372 168안타 91득점 18홈런 74타점 22도루
2010			1,100	2010. 8. 20	1,100호 안타, 5타수 2안타 1홈런 1타점 vs 넥센
2011			1,200	2011. 7. 2	1,200호 안타, 4타수 2안타 1홈런 1타점 vs 두산
2012			1,300	2012. 6. 2	1,300호 안타, 5타수 2안타 3타점 vs 한화
		골든글러브 외야수상	1,400	2012. 10. 6	1,400호 안타, 4타수 1안타 vs 두산
				2012 SEASON	0.305 152안타 82득점 11홈런 76타점 30도루
2013			1,500	2013. 7. 26	1,500호 안타, 6타수 4안타 2홈런 3타점 vs 두산
		골든글러브 외야수상		2013 SEASON	0.328 156안타 79득점 7홈런 67타점 13도루
2014			1,600	2014. 5. 22	1,600호 안타, 4타수 2안타 vs KIA
			1,700	2014. 9. 14	1,700호 안타, 4타수 1안타 1타점 vs 삼성
2015			1,800	2015. 7. 28	1,800호 안타, 4타수 1안타 vs 롯데
2016			1,900	2016. 5. 5	1,900호 안타, 5타수 3안타 1홈런 3타점 vs 두산
			2,000	2016. 8. 11	2,000호 안타, 4타수 2안타 1타점 vs NC
2017			2,100	2017. 5. 26	2,100호 안타, 4타수 2안타 vs SK
		골든글러브 지명타자상	2,200	2017. 9. 6	2,200호 안타, 3타수 2안타 1타점 vs SK
2018			2,300	2018. 6. 8	2,300호 안타, 4타수 3안타 1홈런 2타점 vs 삼성
2019			2,400	2019. 4. 16	2,400호 안타, 5타수 1안타 2타점 vs NC
2020		KBO 최초 달성!	2,500	2020. 10. 6	2,500호 안타, 1타수 1안타 vs 삼성
			2,504	2020. 10. 15	2,504호 안타, 1타수 1안타 1타점 vs 롯데

HEART to TWINS

AVG 타율	G 경기수	R 득점	H 안타	HR 홈런	RBI 타점	SB 도루	SLG 장타율	OBP 출루율
0.308	2,236	1,259	2,504	213	1,192	313	0.451	0.370

©서진욱

박용택
1979년 4월 21일생
외야수/우투좌타 NO.33
고명초-휘문중.고-고려대-LG

PARK

오늘도 택하겠습니다

초판 10쇄 발행 2021년 11월 30일

지은이 | 박용택
펴낸이 | 김윤정

편집 | 오아영
구성 | 유준상
마케팅 | 김지수

펴낸곳 | 글의온도
출판등록 | 2020년 8월 24일(제2020-000020호)
주소 | 서울시 종로구 삼봉로 81, 두산위브파빌리온 442호
전화 | 02-720-8950
팩스 | 02-739-8951
메일 | ondopubl@naver.com
인스타그램 | @ondopubl